だいわ文庫

老いを生きる技術

曽野綾子

大和書房

はじめに
誰もが持っているが気づいていないこと

作家の仕事の内幕を暴露すると、この本の表題も、出版社の知恵を借りて決められたものである。私は本の中身は気になるが、表題に関してはどうも無頓着になってしまう。むしろ、その時々の人々が要求する健全な知的欲求に敏感な編集者たちの意見を使わせてもらう方がいいと考える。

内容の文章に他者のものを入れたら、それは代筆になるが、表題はいわばラッピング・ペーパーだから、内容とは一応関係なくても明快なのがいい。『老いを生きる技術』もこの例に洩れない。

もっとも技術があろうがなかろうが、すべての人が自分なりにちゃんと「老年をやっている」のだから、私は襟を正したくなる。つまり物わかりよく自制力のある年寄りは、それなりに扱いやすい存在だが、身勝手で依頼心が強くて迷惑をかけ放題という年寄りは、それなりに本能的に世間と闘って生き延びる術《すべ》を知っているのである。

かなり若い頃から、私も自分の老後に備えて生きて来たつもりであった。読んだ本で必要と思われる個所には、すべて赤線を引いておいた。もともと古本など当節売れるものではないが、私の本はよれよれの赤線だらけで（列車の中で読めば車体の揺れがそのまま記録されるわけだから）、昔でも古本屋には売れなかったろう。

そんな癖がついた理由は、私は生まれつき丈夫な内臓を親からもらっていたが、視力に関してだけはさまざまな故障があって、もし高齢になるまで生きたら、必ず視力を失うだろう。その時、古い本の赤線を引いてあるところだけ誰かに読みなおしてもらえたら、ずっと悲しさが減るだろう、と思っていたのである。

ところが、これも予定外、いや「想定外」だった。私は二度も骨折したのである。母が両脚のつけ根の股関節を左右共折ったから、私も同じようになるかと遠い予想はしていたが、折ったのは左右共、くるぶしであった。

母は甘いものが好きで、当時は骨粗鬆症《こつそしょうしょう》だの骨密度を計るなどという概念もなかったが、多分骨は弱かったのだろうと思う。ところが私は甘いものは食べず、お茶請《う》けにも丸干しを齧《かじ》っているせいか、骨密度だけは非常にいい。それでも足を折る。

気がついてみると、最初に足を折った六十四歳からの私の生き方は、その後遺症と共に、どう生きるかだった。しかしそれはそれなりに「目的を持った老いを生きる技術」だったのだろう。

だから技術などというものはない、とも言えるし、その技術は誰もが持っているのだが、ただそれに皆が気づいていないのだ、と言うこともできる。

老いを生きる技術　目次

第2章 人生に定年はない

第3章　老いのたしなみ

第4章 人間ができる最高のこと

第5章 六十歳からが、人間、真剣勝負の時

第6章 謙虚に待つ

第7章 残り時間を計算する

第8章　年を取るおもしろ味

第9章　老いは学びの宝庫

第1章

中年から老年への道すじ

六十になっても、八十になっても、その年の人らしい人間のおもしろさが出せなければ、その人はただ古びていっているだけということになる。

——『至福の境地』

私たちはすべてのことから学べる。悪からも善からも、実《じつ》からも虚からもおそらく学べる。狭い見方が敵なのであろう。

——『それぞれの山頂物語』

人間には、記憶するよさもあれば、忘れるよさもある。忘れる、ということは、偉大な才能であり、神の恵みであり、場合によるが徳ですらある時がある。

――『悪と不純の楽しさ』

当てにしない、諦める、という二つの姿勢は老世代の心理的幸福を構築する上で、実に大切なことなのではないか、と思う。世の中のたいていのことは、諦めればそれで解決している。第一案がだめなら第二案でやるか、という、若いときのプランの立て方と同じ気分だ。

――『幸せの才能』

自分が楽しいことを自由に

人と比べることをやめると、ずいぶん自由になる。限りなく自然に伸び伸びと自分を育てることができるようになる。つまり自分の得手とするものが見つかるのである。

自分が楽しいことも楽に見つけられるようになる。日曜日に料理をすることが、男としてみっともない、などと思わなくなる。みっともない、と思う感情は観客がいることをみみっちく意識している証拠である。自分で味をつけたものが、実は自分の舌に一番合うことは当然のことで、自分こそ、自分に対して最高の料理人なのだ。

——『ただ一人の個性を創るために』

理性と勇気が試される時

老年は単にものを捨てるだけでなく、一つひとつ、できないことを諦め、捨てて行く時代だ。

しかし諦めとか決別とか禁欲とかいう行為は、人間にとってすばらしく高度な精神の課題である。

老年にはすることがないのではない。

そういう執着や俗念と闘って、人間の運命を静かに受容することは、理性とも勇気とも密接な関係にある行為であるはずだ。

——『安逸と危険の魅力』

好きでないことに、関わっていたくない

人生の半分を生きて、これから後半にさしかかると思うと、好きでないことには、もう関わっていたくない、とつくづく思う。それは善悪とも道徳とも、まったく別の思いであった。

一分でも一時間でも、きれいなこと、感動できること、尊敬と驚きをもって見られること、そして何より好きなことに関わっていたい。

人を、恐れたり、醜いと感じたり、時には蔑みたくなるような思いで、自分の人生を使いたくはない。この風の中にいるように、いつも素直に、しなやかに、時間の経過の中に、深く怨むことなく、生きて行きたい。

――『燃えさかる薪』

健康のバロメーター

実に感謝さえあれば、私たちは満たされている。感謝はことに老年のもっとも大きな事業である。もし人間が何か一つの才能を老年に選ぶとしたら、それは「感謝をする能力」であろう。

もっとも、この点についても、私たちは他人に厳しくあってはいけない。たとえば、私はいま比類なく健康だから、私はいつも感謝する喜びを感じていられる。言葉を換えて言えば、健康を計るバロメーターの一つは、感謝ができることであり、人の行為を善意に解釈できることである。しかし少しでも不健康になると、とたんに私は自分中心になって、もう人に感謝する余裕などなくなってしまう。

――『心に迫るパウロの言葉』

素質と年齢

私はこれでも、少しは自分に逆らって、機械を扱い慣れるようにしようと思ったり、運動をするようにしようと考えたりしているのだが、私に数学ができるようになったり、運動の選手になったりしろということは、私が今どんなに若くても、無理なことである。私にはその素質がないのである。

また、若い時にはその素質を持っていた人でも、年を取ればなくなることも覚悟しなければならない。だから、他人に（ということは自分の子供に対しても）あなたはどうしてこの程度のことをする能力もないの、というような責め方をしてはならない、と思う。人は皆、その身の丈に合った暮らしをするほかはない。

――『心に迫るパウロの言葉』

死の避難訓練だけはできない

私たちは、火災訓練とか、船の遭難訓練とか、さまざまな事件に対処するための訓練を受ける。しかし多くの人がビル火災にも遭わず、船の遭難にも遭わなくて済むのが実情である。

しかしたった一つまちがいなく遭うものが死なのである。（中略）

しかも死は、誕生と共に、この上なく重大なできごとである。それがうまくいけば、その人の人生は成功したと言えるし、それがまずくいけば、恐らくその人も不幸だったろうし、周囲の人々も、その人を思い出す度に暗澹《あんたん》とした思いになる。

――『三秒の感謝』

自分の言葉で喋る癖をつける

誰でも、その人の言葉で語っていれば、楽しい人生が開ける。出来合いの言葉で喋っていると、相手も差し障りのないことしか言わない。いわゆる社交的な会話である。

素晴らしい出会いをしようと思ったら、自分の言葉で語る癖をつけることだ。神は私たちの心の中までお見通しだという自覚に馴れておけば、大したことではない。

それからたくさん本を読んでさまざまな表現に馴れれば、自分の心を飾らずに表すこともできるようになる。要は、自分の心理の外側の堅い殻を砕いておけば、人の心と傷つかずに出会えるのである。

――『幸せの才能』

人生が見えてくるとできるようになること

若い時には自分に与えられた好意や幸運を、なかなか正当に評価することができない。よい結果が出たのは自分の素質や努力の結果だと思いがちなのである。（中略）しかし次第に人生が見えてくると、人間が自分でなしうるのは、多くの場合与えられた偶然に乗っかっての結果だということが分かってくる。すると、「あふれるばかりに感謝」というものがごく自然にできるようになる。

人間の一生が幸せかどうかを決められる最大のものは、感謝ができるかどうかだと思うことはある。不幸な人は、その人の周囲の状況が悪いからではない。自分が現在程度にでも生かしてもらっているのは、誰のおかげか考えられなくなっているからである。

——『心に迫るパウロの言葉』

他人の生き方を認める

人間がどんなに一人ずつかということを、若いうちは誰も考えないものである。身のまわりには活気のある仲間がいっぱいいる。死ぬ人よりも生まれる話の方が多い。しかし、どんな仲のよい友人であろうと、長年つれそった夫婦であろうと、死ぬ時は一人なのである。このことを思うと、私は慄然《りつぜん》とする。人間は一人で生まれてきて、一人で死ぬ。

生の基本は一人である。それ故にこそ、他人に与え、かかわるという行為が、比類ない香気を持つように思われる。よく生きよく暮らし、みごとに死ぬためには、限りなく自分らしくあらねばならない。それには他人の生き方を、同時に大切に認めなければならない。

――『人びとの中の私』

生き生きした老人になるために

私の知人に、六十歳を機に、家中のいたるところ十カ所ほど、鏡をおいたという人がいる。それくらいの年になると、もう年だから外見はどうでもいいや、という気になる。その気の緩みが、古めかしい服を着て、背中を曲げ、髪がぼさぼさでもいたし方ない、という結果を招く。

しかしそれくらいの年からこそ、人間は慎ましく努力して人間であり続けなければならない。そのためには差し当たり、姿勢を正し、髪も整え、厚化粧は避けても、品のいい生き生きした老人でいなければならない、と思ったからこそ、その人は鏡を十枚もおいたのだろう。背を伸ばすだけでも人は五歳は若くすがすがしく見える。

――『言い残された言葉』

車を持つ資格

「本当に、ついてないんです」

或る時、或る青年が私にぼやいた。

「友達に車貸したら、事故起こしちゃってね」

「人身事故ですか」

「いや、よその車にぶつけちゃったんです。その友達は今、無一文に近いもんで、とうてい弁償できないって言うし、車の持ち主の僕に弁償責任があるって言うんだけど、僕は対物の任意保険にも入ってないし……」

こういうのを、ついていない、とは言わないのである。これはれっきとして、不用心のために起こった結果である。

車などというものは、はっきり言って、人に貸すものではない。車はいつでも、凶器になり得るものである。それ故、車を持つからには安全を心がけると同時に、万一の場合責任をとる用意があってこそ、初めて車を持つ資格のようなものもできるのである。

――『人びとの中の私』

人柄のいい人、人柄の悪い人

人柄のいい人、という定義には、特に外見が美しいとか、大金持ちだとか、地位の高い人だとかいうニュアンスはこめられていない。しかしそこには人間の魅力の源泉である温かさという美徳が込められていると私は感じている。

生きている人には体温があるのだが、このごろ他人のことなど眼中にない、という爬虫類《はちゅう》のような人もいるようになった。もちろんライオンにも象にも、心に近いものはあるのだろうが、動物の心の主流は、もっぱら自己保存の本能に向けられている。自分以外では、子供が親を求めたり、子供を守ろうとしたりしているが、それらは自己保存の変形だろう。

身の回りの肉親や、他人のためにあれこれ思うことのできる心の存在が、人柄を作るのである。人柄のいい人は、自分のであれ、他人のであれ、人生を総合的に見られる眼力《がんりき》を持っている。他人が助けられるのは僅かな部分だが、それでも手助けしようと考えるのである。

別に自分の人柄をよく思われなくていいです、と若い人は言いそうだが、客観的に見てあの人は人柄がいい人だ、と思われないような人に、他人は尽くさないものだろう。

人柄の悪い人には、何か助けるべきことがあっても、してあげようという気にならないことがある。だから人柄がよくない人は、結果として貧しい人生を送る。お金やものに貧しいだけでなく、面白い人生も送り損ねるのである。

――『幸せの才能』

恨みを忘れることの利点

私は昔から、忘れることだけはわりとうまかった。普通の意味では、これは決して才能とは言えない。しかし私は恨みを長く覚えることは、自分がみじめになることだ、ということだけは体験的に知っていたように思う。

だから、ごく稀にだけれど、「あれ、この人と昔何か対立したことがあったかな」と思いながら、どうしてもその原因を思い出せない、ということがある。この場合相手は私がけろけろしているので、「あきれたものだ。昔のことを忘れてよくあんな顔ができたもんだ」と侮蔑しているだろうが、個人的な悪意を長く覚えていてよかった例はあまりないのである。

このことは人間の性格の厳密性と関係がある。私の中には、母から受け継いだ、几帳面にしなければならないという律儀さと、結婚して夫（三浦朱門）から教えられたずぼらさの必要性が、全く対立したまま潜んでいる。

几帳面に生きるということは何より人に迷惑をかけない。几帳面な人ばっかりだったら、警察も銀行も税務署もずっと仕事が減るだろう。一方でずぼらな人というのは、小さな迷惑を人にかける。我が家の夫婦喧嘩の八〇パーセントまでは、夫が、無責任に約束をすっぽかすとか、説明したことをちゃんと聞いていないとかいうことである。しかしずぼらな人は、人が支離滅裂な言動をしても少しも怒らない。それがその人の性格なのだから、理由はよく分からないがそれがその人の選んだ生き方なのだから。（中略）

決して理解しているわけでもないし、温かい心で見守っているという感じでもない。しかしこういう生き方だと、相手を深く非難するということもない。バークレーも、恨みを忘れないということは、自分で自分の身を傷つけることだと言っているから、夫は何より自分の身を守るために、いい加減な生き方をすることに決めたのかもしれない。

――『心に迫るパウロの言葉』

冷酷であれ

私が今までに覚えた一つの極めて人為的な判断に「冷酷であれ」というのがある。もっとも、これには少し注釈を加えなければならない。

私は生まれてこの方、自分が利己的で冷たいいやな人間であると思い続けてきた。だから私は、温かい心、温かい行為がほんとうに好きだった。

忙しい生活をするようになってからは、私はどうして自分が、もっときめ細かく相手のことを考え、その人のために充分な時間を割《さ》けないのだろうか、と煩悶し続けてきたが、解決の名案は全くなかった。私の持ち時間内では、私はいつも最低の礼儀さえ欠き続けてきたのである。

しかし、その時、一方の私の耳に不思議な「雑音」も入ってきたのである。

夫はそういう私を見て、「冷酷ということは大事なことだ」と言いだしたのであった。

彼の考えによると、世の中でほんとうに困るのは、決して冷酷な人ではない。冷酷な人は、そうと分かれば、誰も期待しなくなるから、その人の存在によってちょっと不愉快になる人はあっても、積極的に困らされる人というのはなくなる筈だ。しかし、自分でも自分は親切だと思っているほど、始末に悪いものはない。親切な人は相手の望まないことまでしようとする。他人の生き方まで道徳的に規制する。相手が悪意でしたことなら、私たちはきっぱりと拒否することもできる。しかし、親切でされると始末に悪い。

彼の表現は多分に偽悪的なところがあるから、この際普通の言葉に直しておけば、それはつまり人間関係において、自制し、立ち止まれ、ということらしい。自分が何かに深い思いをかけそうになった時でも、むしろ心を逸らすだけのブレーキをかけられる余裕が必要だ。

自分からみたら違っていると思えることでも、相手の思う通りにやらせてみる、という大らかさもなければいけない。なぜなら、人間の判断は誰の場合でも完全ではないから、自分の好みを最終的に押しつけることはどうみても賢明なやり方とは言えないからだ。

私は夫のこの考えを聞いた時、一番先に適用しなければならないのは息子に対してだな、とその昔思ったのである。息子がどういう進路を選ぼうが、一応の意見を言うことはいいとしても、もうそれ以上は親もどうにもできない。息子が人生で「転ぶ」のを見ていることは辛いが、いい年をした子供の手をいつまでも引いてやるような姿勢も不気味だから、成り行きに任せるほかはない。

もともとその素質があったせいだろう。私は「冷酷であれ」という点だけは、比較的やさしくそれを自分のものとすることができたように思う。そして今、ここに書こうと思うのは、冷酷さが、ほんとうにいいことかどうかは別として、いかに便利な時もあるかという点である。

——『心に迫るパウロの言葉』

第2章

人生に定年はない

会社を定年になっても、できる範囲の労働をする限り、人間としてはいつまでも現役だ。

――『平和とは非凡な幸運』

人間は自分が損をしても、失っても、時には生命さえ犠牲にしても、自分が与える側に回り得る。むしろ自分自身を「害」し「失」って他の人に与える時、人間は人間のみが持っている魂の輝きを発揮し得るのであり、「生きてきた甲斐《かい》があった」という実感を持つのである。

――『人びとの中の私』

人から介護を受けるよりも、介護のために週一日でも、一時間でも働けたら、それは老人にとって大きな幸運なのである。

――『戦争を知っていてよかった』

もちろん体力や健康や残存機能に応じての話だが、老年でも忙しい、と感じない人は、どこかで甘えて隠居的気分を自分に許していると思う。

――『幸せの才能』

年齢で自分を規定しない

人間にとって最も残酷なことは、「お前はもういらない」と言われることだ。

誰でも病気になり、誰でも年を取るのに、それで差別されるし、自分から差別する人もいる。健康な年寄りなのに、「私は年だからもう働けない」とか「労《いたわ》ってもらって当然」とか、思うことである。

自由な心というのは、現状を直視できるはずである。

高齢でも他人のために働けたら光栄なのに、そうしない年寄りがかなりいる。年齢で他人と自分を無力な者だと規定して考えてしまうのである。

――『至福の境地』

感情のはけ口

人間、いかなる人物も、心理の底に溜《た》まった感情のはけ口が必要であることを忘れてはいけない。人間の感情もまた下水と同じで、必ず出口を作ってやらないと溜まって、所ならぬ所から溢《あふ》れ出す。
この感情のはけ口をうまく作るか作らないかが、私たちの精神が解放されているかどうかに結びつくのである。

——『人びとの中の私』

生涯現役の時代

老人であることは、別に地位でも特権でもないのである。

新しい老人教育を始めねばならない時であろう。

定年後は、自分のしたいことをして、一日中ひまで暮らすなどという夢は、もう過去の時代の話だ、と思ってほしいと思う。

その代わり、現実問題として生涯現役の時代が来る。

午前中だけ、或いは午後だけ働く。或いは週に二日、乃至《ないし》は三日だけ働く。

それが老人の普通の暮らし方だという社会を、一刻も早く政治の力で整備することだ。

――『言い残された言葉』

少し「生産」に携わって

高齢者でなくても、人は働き、同時に遊ぶことが必要だ。働くだけでもいけない。

遊びは創造性の源である。そうでないと、人間はどんどん心身共に縮こまる。けれど年寄りが日々時間を過ごす方法が、碁会所に行ったりゲートボールをしたりするだけでいいと思うのは、私にはどうも不思議だった。

碁会所で遊ぶだけの頭脳の働きが残っており、ゲートボールをするだけの体力があるなら、少し「生産」に携わるのが人間の自然ではないかと思うのである。つまり頭が働いているなら事務的な仕事、体がきくなら畠仕事くらいには従事したらいいと思うのである。

――『言い残された言葉』

人に見られるという環境が大切

人に見られる、という環境の中にいると、歩き方、食べ方、座り方、すべてが違って来る。その人の美醜とは関係なく、である。

背は可能な限り伸ばされ、足は二線上ではなく、一線上を歩くように意識的に動かされる。

すべての人が体つきに欠陥を持っていると言っても構わないのだが、背の低い人、高すぎる人はその人なりに、太っている人、痩せっぽちはそれなりに、O脚、大根脚もそのままで、自分らしさを出そうとしている人は、きれいなのである。

——『都会の幸福』

いささかのむだ、愚かさを許して

何とかしておいしいものを食べよう。

そのためには材料を買いに行こう。

自分好みの味付けを創出しようという執着は、やはり一種の明瞭な前向きの姿勢なのだから、それは老化防止にはなるのかもしれない。

食欲も物欲もなくなったら終わりだから、いささかのむだや愚かさは覚悟の上で自分に許した方がいい、と考えることにしている。

——『安逸と危険の魅力』

物欲がその人の活力になる場合もある

人生の後半は、ことに物質に関する見直しをする時なのであろう。とは言うものの、私などまだけっこう物欲が強くてあれもこれも欲しい。

私はイタリアの人たちがよく飲むエスプレッソというコーヒーが好きなのだが、数カ月前、ダイレクト・メールで、エスプレッソを本格的に圧力をかけていれられる機械が十数万円で売られているのを知ると、それが欲しくてたまらなくなった。

しかし、すぐに買うという決心もつかなかった。それなのに、一週間に一度くらいずつ思い出して、まだ「欲しいなあ」と迷うのである。

友達に話すと、「ぜひ買ったほうがいいと思うわよ。そうすれば、ここの家でおいしいコーヒーが飲めるしね」と図々しいことを言うから、またそれで買うのがいまいましくなったりもする。

私が、贅沢なコーヒー沸かしを買うことに執着するのは、一つには母のことを考えているからであった。

母は家の中をきれいにすることの好きな人だった。掃除もよくしたし、目新しいものをちょっと買って、家の中に生き生きした空気を作ることもうまかった。その母が何も要らない、と言いだした時から、目に見えて生きる意欲を失ったのを私は見ていたのである。

下らない物欲だけが人を生かすという意味ではない。しかし平凡な人間は不純なものだから、無意味な物欲が、その人を生かす活力になる場合もある。だから、私が高価なコーヒー沸かしを買うことを自分に許そうかと思ったのは、自分が老化して生きる気力もなくなることを恐れたからであった。

――『心に迫るパウロの言葉』

汚いものをきれいにしたあとは実にいい気持ち

小さい時から母に、徹底して他人のいやがる仕事をさせられた。

お手洗いや台所のゴミ受けの掃除、それから当時は水洗ですらなかったトイレを、戦争中は汲み取りに来てもくれなくなったので、それを汲み出して、できるだけ汚くないよう庭の穴に肥料代わりにやって、あとを埋めておく作業までやらされた。

私は初めひそかに、うちは庶民的な家だからこういうことをさせられるのだろう、と考えていた。

ところが私のクラスに大会社の社長さんのお嬢さんがいて、お手伝いが何人もいるような家に育っていたが、彼女のお母さまがやはり「うちの子にはお手洗いのお掃除をさせております」と言われるのを聞いて納得した。

母はよく、そういう作業を私にさせたあと、

「汚いものを、きれいにすることほど大切なものはないの。それに、そういう仕事をしたあとが実にいい気持ちでしょう」

と言った。

すると暗示に掛けられやすい私は、いつの間にかそんなような気がするようになっていた。

――『心に迫るパウロの言葉』

道楽のすすめ

デパートで、よその売場のありかを聞く。驚くべきことには、同じ階にあるものさえ知らない店員さんがいる。もっともこの店員さんを責めることはない。彼女の第一の任務は自分の売場を守ることであり、自分の売場の商品の知識を持つことである。しかし、彼女には道楽の精神がない。つまり自分の世界に直接関係はないが、少なくとも関連したことを知ろうとする意欲がないのである。

今は道楽の精神どころか、自分の専門分野さえ知らなくて済むなら、覚えないで済ませたい、と思う時代である。しかしお気の毒なことに、道楽の精神がないと、仕事に関する苦労がいつまでたっても楽しみにならない。かくてその人は永遠に生活のために、自分のいやなことを働き続け、精神の奴隷のような生涯を送ることになってしまう。

私は、道楽で会社へ行っている、という人に、事実何人か会った。決して金持ちばかりではない。しかし仕事を道楽と思えるような人になると、彼はその道のエキスパートであることはまちがいないから、今の日本では、自然にポストもよくなっており、給与も悪くないことにはなる。

労働基準法によって、労働時間が定められているのはいいことだと思う。しかし、八時間働いて、後は何もしなくて済む仕事はすべて大しておもしろくないだろう。私は決して、流行作家でもなく働き者でもないが、自分の仕事について考えたり、関係のある本を読んでいる、という点でだったら、一年中一日の休みもない、と言った方がいいと思う。同情されることはないのである。好きでやっているのだから、ほっときゃいい、のである。

道楽というのは、道を解して自ら楽しむことに発している、と言われるが、私に言わせれば、道を楽にするから道楽なのである。道楽にならないうちは、道は楽にならない、と解した方がいい。

——『人びとの中の私』

もし人間関係に必要な配慮があるとすれば

日本人は自らの望むことを、相手もまた望んでいることだと考える人の好い国民である。しかし異国民も他人も、実は、私たちまたは私と、明らかに違う考え方をすることまで止めようがない。

人間関係は永遠の苦しみであり、最初にして最後の喜びである。どんなにうまく関係を作ろうとしても、私たちは必ずまちがいを犯す。それは個体として私たちは別個であり、考え方も違うからである。

だから失敗を恐れることもない。

もし人間関係に必要な配慮があるとすれば、それは相手に対する謙虚さと、徐々に物事を変えていこうとする気の長さかもしれない。それと私が好きなのは優しさである。私は自分自身が優しくないので、優しさに会うと自分がはずかしくなる。
長いようでいて、九十年の一生は短い。私が死ぬ時、一生で楽しかったと思うのは、恐らく偉大なことではなく、ささやかなことに対してであろう。

——『人びとの中の私』

運のついて来ない人

人生の成功、不成功という考え方は、まことにいい加減だということである。最も単純な例は、経済的に苦労していないのなら、文句を言っちゃバチがあたる、という考え方があることである。

お金も地位もありながら、夫との間にただの一度も楽しい日を経験せずに生きてきた或る夫人を私は知っている。また、一見夫が望む「地位」を手に入れた時から、その家には、のんびりした家庭の団欒もなくなり、あるのはただ、母子家庭のような時間か、何か下心あって来る人との応対か、どちらかになったという家もある。成功と思われる状態が案外不成功であり、不成功によって成功した例も少なくはないのである。

しかし、今この際、そんなことをくどくど言っていても仕方がないので、成功は成功、不成功は不成功と、あっさり割り切って話をすすめることにしよう。

成功がいいか不成功がいいか、ということになったら、大ていの人が成功したい、と答えると思うのである。世の中にはごく少数だが、成功などすることに羞恥心を持つ人がいて、私はその気持ちもよくわかるのだが、さりとて不成功であればいいというものでもない。

それでは、成功するにはどうしたらいいかという功利的な鍵がいくつか、私にはあるように思える。いや、成功する法というより、これだけやっていれば、まちがいなく「成功しない法」というのをあげてみたいと思う。

その第一は、言われたことだけしか、やらないことである。

言われたことさえもやらない人もこの頃では多いから、言われたことだけやっているのはまだいい方だが「気は心」とでも言うべき、サービス精神がない人は、まず成功しないのである。

私は近頃（当時）、毎日「老後対策」のために、どんなに面倒くさくても、自分にムチうって泳ぎに行くことにしているが、プールから上がると、サウナに十分間ほど座って、いつ、熱帯の地へ行くことになっても平気なように（？・）暑さに体をならしている。

サウナの部屋には砂時計があって、一回が多分三分間だと思うのだが、それを大体のめやすにしている。砂時計を引っくり返すのは、一番近くに座っている人の役目なのだが、中には、すぐ傍にいながら時計の切れ目に、すっと立ち上がると、後をも見ずに出て行く人もいる。もちろん、彼女にすれば、その瞬間に出るべき時間になったのだから、後の人のことはどうでもいいようなものなのだが、その時に、どっちみち空になっているのだから、いずれは誰かが引っくり返すべき砂時計を逆にして行ってもいいと私などは思う。

何を小さなことを、と思うだろうが、実は大きなことなのである。自分がしなくていいことはできるだけしない人は、それだけで通俗的な言い方をすれば運もついて来ないのである。

——『人びとの中の私』

第3章

老いのたしなみ

人間の晩年の最大の偉大な仕事は赦《ゆる》しだということになっている。相手のためではない。自分のために相手を赦すのである。

――『幸せの才能』

つまり、私の言いたいのは、どの人間も、悪いことの原因を他に求めることはうまいけれど、ほんとうに自分の心を見極めたら、自分の中に非難する他人とほぼ同じ要素を持つことに気がつくだろう、ということなのだ。

――『心に迫るパウロの言葉』

人間の眼は澄んでいないから、手前に大きな俗事が横たわっていると、その背後のものがなかなか見えない。

――『心に迫るパウロの言葉』

先入観は精神の老化である。

――『人びとの中の私』

身の引き方

老齢になったら、自然に身を引かなければならない。それとなく、皆さまのお目に触れる機会を少なくして行くのが、死の準備として必要と思う。それは若い人をできるだけ立てる、という基本精神とも通じる。

それは決して自分の好きなことを全く断ったり、不当な遠慮をしたりすることではない。旅行でも、花作りでも、囲碁・将棋でも、できる範囲の個人の資力・体力でやれることには、なんら差し障りはないのである。

しかしいつ倒れるかわからない恐れのある年齢に、選挙に立つなどということは、仮に任期いっぱい元気でいられたとしても、醜悪なことだ。

――『狸の幸福』

少しずつ店じまいの用意をする

誰でも人間は少しずつ引退するのが自然なのだ。

どんなに年を取っても、前と同じように振る舞うというのは思い上がりだと私は思う。

ものごとには、いつかは終わりが来る。

いきなり来ることもあるが、少しずつ店じまいの用意をするのである。

それを弱者いじめとか、高齢者の不安は政治の貧困、というふうに思う最近の風潮の方がおかしいのである。

――『言い残された言葉』

哀しさを知る日々も人生にとっては大切

生涯には、何に対しても自信を持てる時代も必要かもしれない。しかし同時に、自分を哀しく思う日々も実に大切なのだ。その時、肉体は衰えているのかもしれないが、もしその現実にきちんと向き合えれば、精神はかつてないほど強靱に充実している証拠だと、私は思う。

ありがたいことに老年の衰えは、誰にもよく納得してもらえる理由だ。その平等の運命を敢然として受けることが老人の端正な姿勢だと私は思う。最盛期を体験するのも恩恵だが、哀しさを知る時期を持つのも、人間の生涯を完成させる恵みの一つなのである。

――『言い残された言葉』

自分を発見する

ごく普通の人間は、パウロの言うように、苦しみの中からしか、ほんとうの自分を発見しない。

はっきり言えば、幸福である間はだめなのである。幸福である限り、人間は思いあがり、自信を持ち続け、そのような幸福や自信がいつくずれるか、と思ってはらはらしている。

いや、はらはらする人はまだいい。たいていの人が、自分は「幸福にふさわしい人間」だとさえ思っているのである。この幸福は努力によって手に入れたもので、自分の心がけが悪くない限り、まず運が狂うことはない、と思う。

――『心に迫るパウロの言葉』

選んだのは自分自身である

私は今までにどれだけ自分の失敗を他人のせいにする、弱い人間に会ってきたか知れない。

あの時誰かがこうしたから（或いはこうしなかったから）自分は失敗したのだ、という癖の持ち主は、まずそこから自分を改造しなければ一人前にならない。

今の日本のような自由な国において、常に最終的に何かを選んだのはその人の責任においてである。

――『人びとの中の私』

切り捨てる技術

何かを捨てなければ、何かを得られない。
失礼をしなければ、自分の時間がない。
連載の締切にも遅れる。
年を取るということは、切り捨てる技術を学ぶことでもあろう。
そしてそのことを深く悲しみ、辛く思うことであろう。
ただ切り捨てることの辛さを学ぶと、切り捨てられても怒らなくなる。

――『狸の幸福』

くれない度

人間の老化度を計るのに、「してくれない」という言葉をどれだけ頻繁に使うかだ、と私は言ったことがあります。

これを「くれない度」と言うのです。

人がしてくれないことを言うより、私たちは自分がすればいいのですが、私もかつてはしてくれないことを悲しんだこともありました。このごろやっと少し他人がしてくれるだろう、と期待する気持ちを持たなくなりました。

それも立派な理由からではありません。もうどうでもよくなったのです。めんどうくさくなったのです。これは完全な老化の特徴のような気がします。

――『湯布院の月』

誘惑に負ける

昔から私が恐れたのは、私の乗った船が難破して海上に漂流している時、僅かな飲み水しか残っていなかったら、私は他の遭難者の眼を盗んでそれを飲んでしまうかもしれない、というストーリーだった。

人間は強いものではなく、基本的には弱いものだということは、まだ子供の時から私の心に染みついているが、それは私がたくさん小説を読んだおかげだろうと思う。文学は、時たま人間の偉大さも描くが、多くの場合、人間の弱さから来る誘惑を書くのを目的としている。

そして私たちは、人間の偉大さを示す話からも学ぶが、当然弱さから来る悲しさからも、強烈に人生を学ぶのである。

——『幸せの才能』

醜い年の取り方

年を取って醜いと思うのは、自己過信型になるか、自己過保護型になるか、どちらかに傾きがちになることである。

別の言い方をすると、自分はまだやれる、と思い過ぎるか、自分は労ってもらって当然、と思うか、どちらかに偏《かたよ》ることである。

これは、二つとも同じ神経の構造によるのではないか、と思う。

――『狸の幸福』

不要品がなくなるとすがすがしい

どこの家でも最近はものが溢れている。それぞれのものを、機能に応じて使い切れないほど持っている。人間の性格は二つに分かれていて、「捨てない派」と「捨てる派」があるのだそうだが、私はどちらかというと「捨てる派」かなとさえ思い出した。

私は自分が死んだときに残される人の苦労を思って、これからの余生を、物の「始末」に当てることにしたのである。

ものはあるのも嬉しいが、不要品がなくなると何ともすがすがしい。

――『幸せの才能』

その人なりのやり方や好みは、他人から見ると、理解できない

あらゆる人は、生きるためのやり方の好みを持っているが、それが全部いい、ということはないのである。そしてまた、その人の流儀は他人から見ると、それなりにおかしく理解できない部分もある。

さて一方で、きれい好きの母は、次第に年をとってきた。もともとあまり丈夫な人ではなかったし、脚も不自由になってきた。この頃、私と母の間で、常に交わされる会話は次のようなものである。

母「今日もね、朝から、どうも膝が痛むのよ。薬も今以上ふやせないしね」

私「あら、それなら、どうして起きたの？　無理しないで寝ていればいいのに」

母「お蒲団敷きっ放しっていうのは、気持ちが悪くていられないのよ。だから、ともかく起きて、今、掃除だけしたら、また膝が痛んできたの」

私「埃《ほこり》で死ぬことはないのよ。それに九時になれば、×子さんが掃除に来てくれるのに」（私は幸福にも、いつも、いい、家政の助力者に恵まれていた）

母「でもねえ、できるだけ自分でしたいし」

私「寝たままだって、きれいになるのよ。掃除機かけて、それでもまだ気になったらお雑巾をかたく絞って、畳の上を拭けばいいんだから」

母「でも、汚いままいるのは辛いのよ」

私（このへんから態度が悪くなる）「膝が痛いのと、少しあたりが散らかってるのと、どっちが辛いのよ」

母「どっちも辛いの」

――『人びとの中の私』

このような形の不幸を持つ人は、母だけではないであろう。昔から、自分の流儀を持ち、誠実な性格だった人が、年をとると、一層その傾向は助長されるようである。

馴れた方がいいこと

私は時々、不思議に思うのだが、世の中には、いい年をして（いい年というのは、いくつぐらいだと聞かれたら、私は一応、十五歳くらい、と答えようかと考えている）まだ、他人が自分を正しく理解してくれない、と言って嘆いている人がいるのである。

或る人間が、他人を心の底まで正しく読みとれるなどということは、普通に考えてもあり得ないことなのに、それが、十五にもなっても、まだわからないのである。（中略）

他人が自分を理解しないことには、まず、馴れることだと私は考えている。それは悲しいことだが致し方ない。

それでは自分が保たない、と思う人は、さまざまなテクニックを用いて、自分を慰めるべきであろう。

自分は、他人に簡単にわかられてしまうほど単純な人間ではない、と考えるのも一つの手である。これは一面本当で一面嘘である。

大ていの人間は確かにかなり複雑だが、それは、他人にわからないのと同じように、自分にも意識されないのである。

――『人びとの中の私』

成功のたった一つの鍵

世の中で、それさえ持っていれば好きなものが手に入るというのが「打出の小槌」だというのだが、その魔法の小槌を私たちは買うことができない。

何かそれに代わる確実なものはないか、と探した場合、誰にでも手に入るものがある。それが忍耐なのである。

考えてみれば、忍耐というのは、まことに奥の深い言葉だ。人間はすぐには希望するものが手に入らないことが多い。機運が来ないことも、自分自身が病気に見舞われることもある。自分自身は健康でも、家族が倒れてその面倒を見なければならない時もある。

しかし忍耐さえ続けば、人は必ずそれなりの成功を収める。金は幸せのすべてではないが、財産もまた大きな投機や投資でできるものではないということを、私は長い間人生を眺めさせてもらって知った。その代わり、成功のたった一つの鍵は、忍耐なのである。

小説家の仕事も忍耐そのものである。数千枚の作品でも、一字一字、毎日書いて行く。料理人も、竹籠を編む職人も、コンクリートを打設する人も、農業に従事する人も、すべてが忍耐を基本にしている。

しかし忍耐が一番必要なのは、人を愛する心を示す時だ。

相手を大切に思うなら、その人の行動にじっと耐えて、決して見捨てないことなのである。実に忍耐は、人間の最高の徳を裏から支える強さである。

——『幸せの才能』

今年計画していたもののうち、どれくらい実現できただろうか

一年があっという間に、飛ぶように過ぎた、という人がいる。それを聞く度に私は、「それはあなたの今年一年が幸せだったからよ」と言うことにしている。

もし、人間が病気で苦しんでいるとしたら、時間の経つのは恐ろしく遅い。今年一年があっという間に経ったと思えた人は、その幸福を感謝すべきなのだろう。

私が最近いつも思うのは、今年、計画していたもののうち、どれとどれができただろうか、ということだ。簡単に言うと、私は今や身の回りのものを捨てることを最大の仕事にしている。私は具体的に、どの押し入れと、納戸《なんど》のどの

部分をかたづけようと思っているのだが、その計画の半分もできていない。

しかしほんとうに大切なのは、実は人間関係の整理なのである。

人間には、気にかかりながら見舞いに行かなかった病気の友人がいたり、今年こそ会いに行くつもりだった老年の知人がいたりするものだ。金を返すべき相手もいるだろう。

そうした心の上での怠《おこた》りは年末に自覚して、新年早々、その目的を果たしに行くために用意すればいいのだ。

年末までに遺書を整備するという人もいた。行きたかった水族館に必ず行く、という友人もいた。しかし多分、その人たちも、忙しさに紛《まぎ》れて予定したことを果たせないのだ。

私はその人間的な怠りに腹を立て、自分を叱っている人間の姿が好きである。年の瀬が過ぎれば、必ず新年が来る。新年は寛大な季節だ。怠ったことを修復することを許してくれる新しい季節なのである。

――『幸せの才能』

第4章

人間ができる最高のこと

年をとるほど、私は人間の自然さが好きになった。腹を立てる時は立てたらいいのである。愚かしい判断をしそうになったら「愚かだなあ」と自分を思いながら、愚かしい判断に運命を委ねたらいいのである。その愚かしい経過がないと、人間は身についた賢さを持てないような気もする。

――『中年以後』

老年にユーモラスでいられたら、最高にすばらしい、と思う。ユーモアというものは、客観性と、創造力（想像力でもいい）と、寛容の精神なくしては、見られないものだから、これがある間は、まだ幾つであっても立派に「人間をやっている」のである。

――『狸の幸福』

生きる人の姿勢には大きく分けて二つの生き方がある、と私はよく思う。得られなかったものや失ったものだけを数えて落ち込んでいる人と、得られなくても文句は言えないのに、幸いにももらったものを大切に数え上げている人と、である。

――『地球の片隅の物語』

私たちが苦しむのは何の理由だろう。もしも私が生まれた時以来ずっと森の中で一人で生きてきたのなら、私は恐らく裏切りや憎しみという言葉を知らずに済んだであろう。その代わり、愛や慕わしさという表現も知らなかったろう。

――『人びとの中の私』

挨拶は哲学

挨拶は人間関係の基本である。

敵対しておりません、というサインを出すことである。

挨拶はその人の全人格や哲学を表すとさえ言える。

どんなに体調が悪かろうと、心配事があろうと、疲れていようと、知人に会ったらその悲しみや辛さを抑えて、その時できる限り明るく挨拶できないようでは、成熟した人間とは言えない。

――『幸せの才能』

慈悲の心

砂漠では、いっぱいの水さえも、許可なしに水源から飲むことはできない。オアシスの使用権は、厳密にどれかの部族に帰属している。しかし困窮している旅人には、敵対部族といえども、一夜の宿と水とパンを与えねばならない。

日本でも時々この時の体験を考えた。

日本では子供にこういう慈悲の救済の精神を教えているだろうか。慈悲の心のない人は、人間として見下され、世界にも通用しないのである。

――『それぞれの山頂物語』

他人の才能のおこぼれにあずかる喜び

私はほかの才能には自信がないものがほとんどなのだが、喜びを見つけることだけはかなりうまいと思う時がある。この自信はいささか面映ゆいが、多くの場合、喜びは尊敬や賛美と抱き合わせになっている。

つまり私の場合、喜びの背後には、必ず私が不当に受けたとしか思えない人の好意があり、そこには私には全くない他人の才能のおこぼれに私があずからせてもらった、という現実がついていることが多い。それは、私がその手の余得にあずかって得をしたから喜んでいるというのではない。人間は自分の優位によってもいい気分になるが、人の才能によっても満たされることは実に多い。

――『心に迫るパウロの言葉』

伴侶を幸福にする

妻に対して、あるいは夫に対して、この人と結婚してよかったと思わせることは、多分「ささやかな大事業」である。

私は社会的に大きな仕事をしながら、妻には憎まれて生涯を終えた人を少なからず知っているから、なおのことそう思うのかもしれない。

たった一人の生涯の伴侶さえ幸福にできなくて、政治や事業の成功などお笑い種《ぐさ》だと私は思っている。

――『至福の境地』

損のできる人間

健康でもお金でも知能（ぼけていない頭）でも、幸いに少しでも余計に持って（保って）いたら、それを失った人のために、自分の持ち分をささやかに（大きくでなくていいのだ）分ける思想がないと、今後の日本はやっていけない。

健康保険や介護保険を払っても、健康なので少しも使わないから損をしたと思うようでは、いい社会も、自分の幸福も望めないだろうと思う。

進んで損のできる人間にはどうしたらなれるか。

それがむしろ誰もが係わっている現実の生活の中での芸術である。

――『言い残された言葉』

自分自身がともしびに

世の中には大きな灯台の役目を果たす人もいる。しかし私たちは多くの場合、小さな明かりのような存在になればそれでいいのである。

もし暗い夜道を歩き続けて来た人が、峠の家に小さな灯がぽつんと光っているのを見れば、生き返ったような安心を覚えるだろう。

ふるさとで自分を待っていてくれる母の存在もそれに似ている。

自分の毎日に目標を持てば、自然に自分自身がともしびになれるのである。

――『幸せの才能』

ほんとうに心満たされる時

与えられることを最終の目的としていると、常に不満が残る。というのは、与えられることは、自動的に「もっとたくさん」という欠乏感を伴うものだからである。

しかし、その反対に、与えるという行為は、たちどころに、私たちの精神を充たす。

品物でも、お金でも、労力でも、普通与えれば減っていくものなのである。よく笑い話で言うのだが、金持ちはけちだと、我々は非難する。しかし金持ちに言わせると、けちで金を出さないようにしているからこそ、自分たちは金を持っているのであって、そうたやすく金を出していたらもう金持ちではなくなるのだ、という論理なのである。

金銭に関する限り、まことにもっともな話である。

しかし、こと心の満足となると話は違う。

私たちがほんとうに満たされるのは、受ける時ではなくて、与える時なのである。受ける時は、私たちは受けるものの量に左右され、少しでも少なければ直ぐ不満を感じる。しかし与える時には、私たちは恥ずかしいほど少し与えても心は満たされる。この効果はまことに不思議である。

――『三秒の感謝』

上等な人間になれるとしたら

和解というものは、実にむずかしいものである。和解しなければならなくなったような状態にかつて陥ったということは、一種の絶望から出たものだから（私の場合は）そこに再び理解し合えるという希望のルートを通すということは並大抵の努力ではない。

しかし、老年は次の二つの理由でそのことをやや安易にしてくれている。

第一に、この世は自分にわかることばかりではない、ということである。

私はこの世でわかって嬉しかったものもあるが、ついにわからずじまいだったことも多い。わかるほうがいいに決まっているが、私の能力がなければ、わからないままで死ぬほかはない。私にはその成り行きがわかっているから、相手の生き方がわからないままに和解することができるかもしれないと思えて来た。

第二に、もう残り時間が少ないということは、何としても便利なことである。誰にとっても若い時だったら、夫の愛人、小姑、いやな上司、どれも将来長い期間にわたって、自分を苦しめる存在になりえた。しかし、その人たちも、もう私を本質的に苦しめる存在にはなれない。現在まだ苦しめているとしても、それはもう時間の問題である。だから仲なおりができる、と思う。

もちろん、これはかなり上等な生き方で、長い間仲たがいをして来たものを、今さら仲よしになる必要もない、という考え方もある。

しかし癌患者がホスピスに入って最後の三、四週間にやる仕事の最も大きなものは、人々との和解だというのである。私も上等な人間になれたら、と思う。

——『あとは野となれ』

重荷をいかに有効に使うか

病気や災難を、直面した当初からいいものだと言える人はごく少ないであろう。多くの人はその運命を呪い、悲しみ、意気消沈し、死んだほうがましだと思ったりする。

しかし、たいていの人が自殺したりすることもなく、その運命を受け入れる。ということは、自殺しない限り、必ず誰もがそれに打ち勝つ力を与えられるだけでなく、非常に多くの場合、その人は幸運で健康だった時より「いい人」になっているのである。(中略)

私たち個人のいささかの責任にかかっているのは、その重荷をいかに有効に使うかということである。重荷は一種のマイナスの個人財産だが、重荷を捨てるということは、財産を捨てることを意味する。ほとんどの小説家は、その重荷をしぶとく財産として活用してきた人種ばかりである。

それでも、重荷を背負って歩くことは辛い。自分の重荷を少しでも分け持ってもらえたら元気百倍になるであろう。また人の荷物を手伝って持って、それで喜んでもらえれば、それはこちらの喜びでもある。荷物を手伝って持とうとしない人は、気の毒なことに、この手の喜びを知らないままに終わる。

――『心に迫るパウロの言葉』

しわは痛くないが、足首は痛い

人間の肉体的な成長が止まるのは二十代だという。若い人たちの間で一時、「二十五歳はお肌の曲がり角」という言葉がはやった。

私は後期高齢者で、軽い障害者なのである。二年前に足首を骨折して、それがいまだに完全に治っていない。その痛みを取るために注射をしていた時期もあったし、痛み止めの薬と縁が切れない時もあった。

一時は、ヒアルロン酸の注射というのも受けた。それを聞くと数人の友人が口を揃えて「もったいない」と言う。足首なんかにしないで、しわを取るために顔に注射してもらうほうがいいというので、私はすぐに言い返した。

「しわは痛くありませんが、足首は痛いですから、やっぱりそっちにしてもらいます」

しわは痛くない、という平凡で偉大なことを発見して笑えるのも私の精神がまだわずかながら成長し続けているからである。

ほんとうに信じがたいことだが、年をとって私は何でも深く見られるようになった。何しろ背後の歴史を「偶然知っている」場合も多くなった。私は仕事がらたくさんの人に会ったし、いささかの危険も承知でアフリカの未開な土地にも入った。そのおかげで、多くのことが重層的に見えてきたのである。

人が言葉や行動に表さない個人的な部分で、どれだけ多くの思いを味わっているかということは、神の贈り物だと思うことがある。それは人生の陰影であり、その人だけの精神的固有財産である。そしてその領域を深く大きくするところこそ、成長だとこのごろ思うようになった。だから成長は年齢とも、身体的能力とも、学歴とも関係ない。体験や訓練がその仕事に才能のない人でも成長させるという事実は、誰もが知っている。

――『幸せの才能』

まわりを明るくする老人

私の知人が最近、実の母を老人ホームに預けた。足を折ってから後のリハビリテーションがうまくいかず、しかも彼女の家が四階まで階段を上がらねばならないので、老母を連れて帰ることが、事実上無理になったからである。

母を見舞いに、彼女はしばしば老人ホームを訪れるようになり、そこでたくさんのお年寄りたちに会うことになった。そして彼女は、美しい老人とは、どういう人かということを知ったというのである。

さぞかし昔美人だったろうと思われる人でも、年を取れば外見は醜くもなる。しかし年を超えて見事だと思う人がいるが、それは与えられているものに対して感謝できる人である。その才能は、その人の受けた教育とも、もって生まれた頭脳とも関係ない。ましてや、その人の運とか経済的な豊かさとも全く無関係である。それはただ、その人の心ののびやかさとだけ関係があるのである。

彼女の母はその点で不幸な年寄りであった。自分の一生は不運だったと思い込んでいて、ホームのやってくれていることにも、不満だらけである。

そういう自分の母と、感謝を知っているお年寄りとでは、まわりの明るさが違う、と私の知人は言うのである。

それよりも、自分にはなぜ、それほど人はやってくれる理由がある、と思えるのだろう。私たちはほうっておかれても致し方ないのである。しかしたいていの人は、自分がしたこと以上に人にしてもらう。

自分の存在によって全く得をするわけでもない人から、病気になれば心配してもらう。こういう光栄はすべて、自分の欠点とは関係なく、いわば、いわれなく与えられるのである。

このような「奇蹟」はすべて神から出ているのである。それらの出来事に共通しているのは、私たちが不当な幸せにあずかっているということである。

考えてみると、「感謝する人」というのは、最高の姿である。「感謝する人」の中にはあらゆるかぐわしい要素がこめられている。謙虚さ、寛大さ、明るさ、優しさ、楽しさ、のびやかさ。だから「感謝する人」のまわりには、また人が集まる。「文句の人」からは自然に人が遠のくのと対照的である。

――『心に迫るパウロの言葉』

第5章

六十歳からが、人間、真剣勝負の時

どんなに心根のよい人でも、病気になる。実はその時が人間の真剣勝負なのである。病気をただの災難と考えるか、その中から学ぶ機会とするかは、その人の性格と能力次第である。

――『悲しくて明るい場所』

病気になったからと言って人生がそれで閉ざされるわけではない。人間は常に自分のおかれた状態を、自分の立つ大地と考え、そこから養分を吸い上げて、新しい境地を楽しむことは可能なのである。

――『平和とは非凡な幸運』

私たちは病気にはかからないほうがいいし、暑い日にはエアコンがあったほうがいいけれども、原則は居心地の悪い世界がこの世であって、それに耐えるときに人間になるんだということを忘れてはいけない。

――『人はみな「愛」を語る』

この世で誰一人として、完全に幸福だなどといえる生活をしている人はいない。誰でも自分の生活に悲しみと不安を持ちながら、同時に抱き合わせのように与えられているささやかな安らぎや小さな幸福に満足しなければならないのかなと考えている。

――『ほんとうの話』

「困った存在」に教えられる

たとえ病気や老齢のために、人手がかかり、この人が生きていなければどんなに楽になるだろう、と思うように見えた人でも、その人の「困った存在」が「困らされた人」にさまざまなことを教えていく。

しかし、私たちは、困らされている時には、そんなことをとうてい承服できない。それが分かるのは、ずっと後になってからである。

――『心に迫るパウロの言葉』

精神の歯止め

酒を飲むことは一向に構わないが、酒を飲んで人格に極度の変化を来《きた》す、ということは、その人の精神の歯止めが欠けていることを示すものだろう。それはつい、かっとなって何の関係もない通りすがりの人を殺しました、というのと、本質的には違わない。どちらも、ついうっかりして、そこに自己が不在になっている状態に至っているのである。

一生に一回や二回ならいい、ということではない。一生に一度くらいなら、人殺ししたっていいじゃありませんか、という理論がなり立たないように、自分でありながら、自分を失うということは、やはり一回たりともあってはならないものだ、と私は思っている。

——『人びとの中の私』

善意の半分は人を救うが、残りの半分は迷惑をかける

いつの間にか、私たちは、親切な人間がいい、と考えるようになった。もちろん、その原則は今も変わらない。しかし善意だけあれば、それで世の中は通ると考えたら、それはまた大きなまちがいなのである。善意の半分くらいは確かに人を救うが、残りの半分は迷惑をかけるのである。

その一つのタイプに情の厚い人間がいる。そのような心根の人は、すぐ他人に同情する。同情して手を貸す。このこと自体は決して悪いことではない。しかしこのような手の貸し方が、ことの本質を少しもはっきりさせず、そのことを自ら解決しなければいけない当事者に甘える気分を起こさせることも本当なのである。

――『人びとの中の私』

仲の悪い夫婦の結婚生活

実はかねがね、私は現世があまり楽しくないほうが、死にやすいと思っていたのである。しかし、こういうことは、ごく親しい友達にしか言えない「破壊的」な言葉のように思えた。しかし私の心の中では、実感であった。それは、仲のよくなかったカップルのほうが、夫婦が死別した時に楽だというケースでも端的に証明されていた。

仲の悪い夫婦が共に暮らすということは、日常生活では「地獄」でもあった。自分の親たちの惨憺《さんたん》たる結婚生活を物心つく前から見ていたせいもあって、この世は過度に幸福でもいけない。幸福を強制的に中断する死を承認できなくなるから、と自分に言い聞かせていた。

――『心に迫るパウロの言葉』

傷つけられていると思う相手からは遠のく

この世で何がむずかしいと言って、人を赦すことほどむずかしいことはない。一番簡単なのは、傷つけられていると思う相手からそれとなく遠のくことで、友達でも夫婦でも遠ざかれば大して憎まずに済む。

私が仲の悪い父母の離婚を勧めたのはその理由からだった。父と別れたその夜ほど安心して眠ったことはなかった、と母は言った。これは距離的な赦しが始まった兆候だと言えるだろう。

――『幸せの才能』

義理は欠いても大したことはない

義理は欠かないにこしたことはないが、欠いても大したことはないのである。至れり尽くせりにしようと思っている人は、多くの場合ぎすぎすしている。それはその人が楽に、余裕を持って生きていないからである。

不眠症、赤面恐怖症、異性に対する神経過敏症、みんな、自分を実際よりよく見せようとする、不自然な努力の結果である。

素直に、二本の脚で、大地に立って、風に吹かれ、できるだけの一日の仕事をした後は、夕日を眺める時間や、歌を歌う時を残しておかなければいけないのである。

――『人びとの中の私』

普段と同じことをする

楽しくないと病気は治らない。苦しくて、抑えられていて、好きなことができなくて、家族とも仕事とも娯楽とも引き離されていて、何で病気が治るものだろう。

死の日まで、私たちが欲するのは日常性である。つまり死の瞬間まで、私たちは普通の生活がしたいのである。それと同じように、病気になっても私たちはできるだけ普段と同じことがしたい。熱があったり、痛んだり、手術直後だったりすれば、そうはいかないが、そういう異常な状況が過ぎれば、すぐに日常性を回復しながら、病気を治して行くべきである。

――『大説でなくて小説』

癒すとは、仕えるということ

人間を死から救うという意味を表すギリシャ語を、二つ教えてもらったことがある。一つは「ソーゾー」という言葉で、死から救う、生かす、保つ、見守る、心に留める、記憶する、というような意味がある。

もう一つの言葉は「セラペウオー」でこれは、セラピイの元になる言葉である。この言葉には、治療する、癒す、仕《つか》える、というような意味がある。

病気を治すということは徹底して人間的な行為なのだ。相手の存在をしっかりと心に留める。その人の苦痛や症状を見守り、記憶する。病人はもしかするとわがままを言う。しかし癒す人はその患者にいばって命じたり上からたしなめたりするのではなく、むしろ仕えるのだ。

――『それぞれの山頂物語』

借金を申し込まれたら

私は、金の貸し借りは、原則としてしない。財布を忘れてきて、電車賃だけ貸して下さい、というような借金は別として、個人から借りなければならないようなことならすることを諦めてしまうつもりである。

そして他人から金を貸してくれ、と言われた時、私は貸すことはせず、あげることにしている。それを先方が借金と一方的に解釈して、返してもらったことは何回かあるが、私の方ではそのつもりはなかった。

私は返してもらえるつもりの金を貸して返してもらえない時、そのことで友情に傷つくことが怖いのである。だから私は、お金は知人にしかあげない。

金の関係と人間関係とは別だ、と言い切れるほど、私たちの多くは賢くない。
だから金銭的つながりがごたごたすると、必ずそれは友情にひびいてくる。

——『人びとの中の私』

悪評は長続きする

私にも人並みによく思われたいという気分は充分にあるが、私はこの数年、それをかなり整理したのである。いや整理というと体裁いいが、諦めて放棄することを学ぶようになったのである。

つまり人間は、いい人だと思われようとすると努力がいる。冠婚葬祭にはいつもきちんと出席し、病気見舞いも怠らず、礼状はすぐに出し、客は鄭重《ていちょう》にもてなし……というようにやっていると、私の身がもたない。私は、せめて小説だけ、少しちゃんと書こうと思っただけで、資料の扱いに疲れ果て、真っ先に眼が悪くなったくらいだから、能力以上の努力はとうてい続きそうにない。

いい人と思われるには、他人に優しいとか、いつも頼みごとをきいてくれるとかいうことが含まれる。しかし私はすぐ論争やケンカを始めるし、一日の仕事が終わると、疲れ果てて寝ることばかり。どこからやめにするかというと、人からよく思われることから諦めるほかはないということになる。

善い評判は続けていくのが大変だが、便利なことに、悪評は一度とってしまうと、あとは安定よく、楽に長続きするものなのである。

――『心に迫るパウロの言葉』

性格は、その人がそれを使いこなせるかどうかにかかっている

人にはみんなそれぞれの役目がある。

天使のように優しい子もいる。私の従妹の一人にも、そういう子がいた。まだ小学校の低学年なのに、私の父がお腹の具合が悪いと言うと、「伯父ちゃまは何を召し上がりますか。お粥ですか、葛《くず》湯ですか、それともトーストを焼きましょうか」とほんとうに真心をこめて心配していた。傍らで私は、「お腹の悪い時は、紅茶だけで何も食べないのが一番いい」などと、あっさり考えていた。

それは、別に間違いではないと思うし、私自身、自分がお腹が悪い時は、絶食を最大の療法としているのだが、人間の病気を治すのは、医学的に正しいこ

とだけではない。優しい配慮、その言葉も大事である。私はこの年下の従妹につくづくかなわないと思いながら、その様子を見ていたのであった。

しかし、これからがいささか見苦しい自己弁護になるのだが、この心根のいい従妹は何かの専門家になるには向かない性格だった。頭も悪くないし、意欲もあるのだが、長続きしないのである。私はなかなかうまくならないが、辛抱強くいつまでも練習し続けるから、それだけで、何とかものになる。

私の性格は底意地が悪く「一見ネアカみたいに見えるけど実はれっきとしたネクラなのよ」とこの頃宣伝しているが、それというのも、優しい人にも、根性の悪い人間にもそれなりの任務がある、ということが見えてきたからである。

人間の性格は、遺伝的に私たちの体に組みこまれたものもあろうが、後天的な要素も多い。それらのすべては、神から一人ひとりに与えられたもので、たとえそれは、ひどい運命のように見えても、贈られた人がそれを使いこなす術と意欲さえあれば、すべて善きものになりうる、という保証つきのものなのである。

――『心に迫るパウロの言葉』

深入りしすぎるか冷淡か。人間関係に適度はない

人びとの中にいれば、本当に人に会っていることになるのだろうか。それがまやかしであることは、都会の人間は悪く言えば淋しく、良く言えば他人の干渉を受けることが少なく自由に暮らしているのを見てもわかる。その反面、人間の数の少ない地方、つまり田舎では、人間は他人により深く係わり合う。親切にもしてもらえると同時に、その社会から、ちょっとでもはみ出しそうになると、たちどころに制裁を受ける。

私たちは、若い時代には、人間に出会うことに対して、かなり甘い期待を持つのである。それは、「適当な人間関係」というものがこの世にあり得そうに思うからである。孤独な時に話しに来てくれ、忙しい時には適当にほおってお

いてくれる、というようなそんな友達である。

しかし、そのような適度な人間関係などというものは、通常望み得ないものなのである。人間関係は、深入りしすぎるか、冷淡かの、どちらかになる。

人間が孤独であることを最もよく感じられるのは、むしろ広場においてである。私は、よく外国の町を歩いていて、公園や広場で、一人ずつベンチに座り、決して隣に座った人と深く親しくなろうとしない人びとを見かける。

中には、生まれつき、性格がかたくなで、他人と同調できない人もいるだろう。しかし、大ていの人は、心の中では常に誰かと親しくなりたいと思っているのである。ただ、そのきっかけが摑《つか》めない不器用なはにかみ屋もいるし、実際につき合ってみると、自分の意にそわないことだらけなので脅《おび》えてしまう人もいるのである。

人とつき合うことについて、私もまた、若い時には大きな幻想を持っていた。それは、趣味から物の考え方まで、何もかも同じになれる友達というものがいる、と信じていたことである。

私は今、常識的な意味では、心からつき合える人、実に気の合う友達を持っている。しかし、それは決して、相手が私と全く同じ人生観を持っている、ということでもなく、趣味が完全に一致しているということでもない。むしろ友人となり、適切な人間関係を持ち得るということは、いかに親しい友人であっても、生来、全く違う個性のもとに生まれついているということに厳しい認識を持ち、その違いを許容し得る、というところから始まるのである。

それだから、私は、今この年になると、若い世代の人びとに言うことができる。人間関係の普遍的な基本形は、ぎくしゃくしたものなのである。齟齬《そご》なのである。誤解であり、無理解なのである。

——『人びとの中の私』

第6章

謙虚に待つ

充分に嫌な記憶があれば、これでこのろくでもない現世にしがみついて生きていなくてもいいと思える。同時によかったこともしっかり覚えておきたいのはこの私でも愛してもらえたと思えれば、これまた満ち足りて死に易くなる。どちらもあった方が死に易いのである。

——『それぞれの山頂物語』

誰でも日によっては不機嫌な顔しかできないような気分の時がある。しかしそういう時でも、相手に対して、そのまま不機嫌を顔に出すのは、何より「愛」に反する行為だと聖書はいう。つまり甘えるな、ということだ。

——『自分の顔、相手の顔』

病む時も健康な時も、共にその人の人生である。病気の仕方も、病人の暮らさせかたもまた芸術になり得る。

――『大説でなくて小説』

自分がすばらしかったことに出合ったという事実を、常に「心に留め」ておけば、死ぬ時も思い残しがない。つまり死に易くなる。そして、自分の生涯を納得し、満ち足りて死ねるように準備するということは、この世で出世する以上の大事業なのである。

――『心に迫るパウロの言葉』

子供を産めばいいというものではない。子供がなくても人間として与えて生きた人は、すでに彼が生きてきた証《あかし》を、後世に伝えたという自覚を持てる。

――『人びとの中の私』

死が近くなるとケチになるというが、私もごく自然にその気配が見えてきた。守銭奴になったというより、使わないものを置いておくのがもったいない、と感じるようになったのである。そのもの自体の命、それを作った人たちに、申し訳なくなったのだ。

――『平和とは非凡な幸運』

死にたくなるのもいい。しかし、死は何十年か待てば、確実に保証つきでやって来る。だからせめてものこと、謙虚にその時を我々は待つべきだと私は思って来た。

――『人びとの中の私』

人は過労では死なないような気がする。過労が苦労になる時、人は死ぬのだ。だからいい加減に生きるべきなのだろう。「いい加減」という言葉は、「ちょうどよい加減」ということだから、本来はすばらしい言葉なのである。

――『狸の幸福』

少しずつ死んでいく

年と共に新陳代謝が落ちているのに、若い時と同じかそれに近いくらい食べるから太るのだという原理がわかっていても、食欲に抗し切れない。病気だったら食欲もなくなっちゃうんだから、食べられるだけ幸せよ、などと言い、それも一部は本当だ、などと同感もしている。

しかし太るのは、機能的には少しずつ衰えているから、食べただけのエネルギーを消費し切れないのである。

人は一度に死ぬのではない。機能が少しずつ死んでいるのである。それは健康との訣別でもある。

──『中年以後』

自分が消える日のために

人生の最後に、収束という過程を通ってこそ、人間は分を知るのだとこのごろ思うようになった。

無理なく、みじめと思わずに、少しずつ自分が消える日のために、ことを準備するのである。成長が過程なら、この時期も立派な過程である。

余計なものはもう買わない。それどころか、できるだけあげるか捨てて、身軽になっておかねばならない。家族に残してやらねばならない特別の理由のある人は別として、家も自分が死んだ時にちょうど朽ちるか古くなるように計算できれば最上だ。

――『中年以後』

死ぬのは一回

かつて私は安楽死を認めないカトリックの一人の神父が「死ぬ時は一回なんですからね。充分に味わって死ななきゃいけないんですよ」と言ったのを聞いたことがある。

もはや意識の無くなった臨終直前の病人にも、時々、雪国の冬の日に鉛色の雲の切れ目から、信じられぬほど明るい陽が射すことがあるように、予期せざる静かな優しい透明な自覚が、恩寵のように与えられることがあると聞いていた。

一人の人間の一生が、たとえそれまでどれほどに混沌とした汚辱の中にあろうとも、死ぬ寸前の朝露のような貴重な一時《ひととき》に、たとえ口はきけなかろうとも、彼が自分の生涯をふり返って、澄んだ明晰《めいせき》な結論を出せたら、その「生」は誰に知られなかろうと、成功したものになるのであった。

もし人為的に死を早めれば、その何ものにも換えがたい大切な一刻を奪うことになるかもしれないのである。

――『紅梅白梅』

いかなる状況に置かれても

私は東京の平均的なサラリーマンの家庭に生まれたので、日本人が普通に体験する程度の幸せと苦労を味わったに過ぎない。戦争の時に惨めな思いもしたが、それも、いわば日本人が皆体験したことだからとりたてて言うほどのことでもないし、少し歪んだ家庭だって、いくらでもあり得る程度の不幸であった。

しかし、母がよく言ったのは、私が将来どんな生活をするようになっても、それに「のまれない」ことであった。

貧乏に弱くしておくと、少しのお金のために詐欺を働いたり、出すべきお金もけちるようになる。しかし、反対にお金があることに弱いような状態にしておくと、やたらと浪費したりお金で人の心が買えると思いあがったりするようになる。

一介の庶民の家の娘が、貧乏にも富にも強くなり、いかなる権力者にも人生の最も不運な状態にいる人にも、同じような尊敬を持ち、同じような鄭重な応対ができるように、どうして母は躾けようとしたのか、私には分からないが、この母の願いは、パウロの思想を後年受け入れるのに、いい素地を作っておいてくれたことは間違いない。

パウロの言葉は、もちろん信仰の面から説明するのは簡単なのだが、一般論から考えても充分解釈することはできる。教育の一つの成果は、いかなる状況に置かれても、その人らしさを失わないことである。

——『心に迫るパウロの言葉』

同じような結果

私たちは、長い一生でさまざまな目に遭う。生涯は平坦なほうがいいとは思うが、一方では、何の変化もない微温湯《ぬるまゆ》に浸かったままのような一生よりも、さまざまの変化を受けたほうがおもしろいとも言えるし、望むと望まざるとにかかわらず、それが避け得ぬ運命であろう。

そのような時に、私たちはたやすく自分を失ってしまうのが普通である。私はちょっと熱があったり、指に棘《とげ》が一本刺さっているだけで、もう考えがまとまらない。ましてや、かなり長い時間持続する飢えとか貧しさとか、あるいは飽食とか富などには、当然魂を冒されるだろう、それが自然だ、などとも思ってしまう。

おもしろいことに、普通にいけば、富も貧困も、ほとんど似たような結果を人の心に与えるのである。それは「不満」である。
貧乏なら不満も分かる。しかし金持ちがどうして不満を持つのですか、と言う人もいるが、私たちの身近の金持ちを見てみれば、金持ちでも幸せでない人のほうが多いのである。それと同時に、あんなに苦労続きなのに、どうしてあんな明るい顔をしていられるのだろう、と思う人もいる。

——『心に迫るパウロの言葉』

断念を知る時

人間にとって死は必要なことです。

なぜなら――もし私が今のような感動をもって、もし永遠に生きるとしたら私は疲れすぎてしまいます。それと、これは昔からの私の持論だったように思いますが、人間は断念を知る時に、初めて平凡な力でも本質に立ち戻れるかも知れません。

断念は芳香を持っています。

哀しさがその香を強めるのでしょうか。

老年も死も総ては限りなく自然で、それだけに堂々と安定しています。

そして、それよりもなおすばらしいのは、私たちのこの人生は未完であるということです。

なぜなら人間の存在そのものが不完全なのですから、未完であり、何かを断念して死に至るということは人間の本性によく合っているのです。

――『別れの日まで』

「人と会う時は、効果をはっきり計算にいれよ」

私たちが人と会う時間というのは、光栄ある特別の時間なのである。それは私たちがだらだらと家事をしたり、テレビを見たり、昼寝をしたり、週刊誌を眺めたりするような、惰性で過ごすような時間とは全く違う。

私たちが人に会う時間についてパウロは恐ろしく意識的である。むしろ計算高い、と言ってもいいかもしれない。「人と会う時は真心を尽くして後は考えないことだ」などとは言ってはいない。パウロが問題にするのは、意外なことに、効果をはっきりと計算にいれろ、ということなのである。

もちろん、その効果というものも、相手に気に入られるためだけに示すような見え透いた行為のことなのではない。ただ真心だけあっても、無作為ではいけない、というのである。なぜなら、自然に無作為にしていていいというほど、私たちの出会いというものはいい加減なものであってはならないのである。

その時、私たちの語る言葉は常に好意に溢れていなければならない、という。私など、ほんとうに耳の痛い話である。相手に理由のある悪意などなくても、私は自分が少し忙しい時に相手からの電話を受けたということだけで、もう態度が悪くなる。

相手に怒っているのではない。しかし私の容量の小さい頭はすぐほかのことで一杯になるから、余分の情報が入ってくると、能力の悪い安物のコンピューターのようにたちどころにさぼりだすという感じなのである。

しかしそれは、人と会う機会を大切に思うという根本の精神がまだ、私の中で徹底していないからなのである。

——『心に迫るパウロの言葉』

「死ねばいくらでも眠れるんですからね」

私の知人は或る時、私にこう言った。

「年取って少しずつ睡眠時間が短くなった時、私は、ああ、ありがたいことだ、って思うようになりましたよ。

昔は睡眠時間が少なくなると苛々《いらいら》したもんですよ。しかし、考えてみれば、死ねばいくらでも眠れるんですからね。毎日、あくせく眠ろうとすることはないんですよ。

そう思ったら、少し不眠の気味があっても、気楽になりましてね。

それより、今この一刻を起きていて、何かに使うことができるなんて、なんて贅沢なんだろうと思えるようになったんですよ。

お祈りは時々うまくいきませんが、死ぬまでにすることは、たくさんありますからね。うかうかしてる暇はないんですよ。寝なくて済むということは、ほんとうにすばらしい老年への贈り物なんですよ」

しかし、実際の私たちは恐らく何もまとまったことをせずに、一生を終わるのである。それでいけないということもないであろう。私たちは誰もその程度の意志の強さしか持ち合わさないのである。

――『心に迫るパウロの言葉』

どんな死に方でもいい。一生懸命死ぬことだ

老人になって最後に子供、あるいは若い世代に見せてやるのは、人間がいかに死ぬか、というその姿である。

立派に端然として死ぬのは最高である。それは、人間にしかやれぬ勇気のある行動だし、それは生き残って、未来に死を迎える人々に勇気を与えてくれる。それにまた、当人にとっても、立派に死のうということが、かえって恐怖や苦しみから、自らを救う力にもなっているかもしれない。

しかし、死の恐怖をもろに受けて、死にたくない、死ぬのは怖い、と泣きわめくのも、それはそれなりにいいのである。人間は子供たちの世代に、絶望も教えなければならない。明るい希望ばかり伝えていこうとするのは片手落ちだ

からだ。

一生、社会のため、妻子のために、立派に働いてきた人が、その報酬としてはまったく合わないような苦しい死をとげなければならなかったら、あるいは学者が、頭がおかしくなって、この人が、と思うような奇矯《ききょう》な行動をとったりしたら、惨憺たる人生の終末ではあるが、それもまた、一つの生き方には違いない。

要するに、どんな死に方でもいいのだ。一生懸命に死ぬことである。それを見せてやることが、老人に残された、唯一の、そして誰にもできる最後の仕事である。

――『あとは野となれ』

毎晩、幸福の収支決算を出す

死にやすくなる方法はないか、と言う人がいる。つまり怖がらずに死ねる方法はないか、ということである。

名案があるわけでもなし、あったとしてもまだ死んだ経験のない私には、それが有効である、という保証も見せられない。しかし多少はいいかな、と思う方法が一つある。

もし、その人が、自分はやや幸福な生涯を送ってきたという自覚があるなら、毎夜、寝る前に、「今日死んでも、自分は人よりいい思いをしてきた」ということを自分に確認させることである。

つまり幸福の収支決算を明日まで持ち越さずに、今日出すことなのだ。

五十歳になった時から、私は毎晩一言だけ「今日までありがとうございました」と言って眠ることにした。これはたった三秒の感謝だが、これでその夜中に死んでも、一応のけじめだけはつけておけたことになる。

しかしもし一方で、人生を暗く考えがちの人がいるとしたら（私もその一人だったが）、人生はほとんど生きるに値しない惨憺たる場所だという現実を、日々噛みしめ続けることである。そうすれば死にやすくもなる。

全く、現世はろくな所ではない。愛し合わない夫婦が共に暮らすことは地獄の生活である。しかし愛し合っている夫婦の死別もまた、無残そのものである。どちらになってもろくなことはない。

戦争も平和も、豊かさも貧困も、もし強い感受性を持っていたら、それなりに辛い状況である。貧困は苦しいが金持ちならいいだろうと思うのは、想像力の貧困の表れである。

この世が生きて甲斐のない所だと心底から絶望することもまた、すばらしい死の準備である。私は基本的にはその地点に立ち続けてきた。

しかしそう思っていると、私は自分の生悟りを嘲笑《あざわら》われるように、すばらしい人にも会った。感動的な事件の傍らにも立ち、絢爛《けんらん》たる地球も眺めた。それで私は夜毎に三秒の感謝も捧げているのである。

――『三秒の感謝』

第7章
残り時間を計算する

私が自分の年を感じるのは、重いものが持てなくなったと思う時である。だから出先でお土産をもらうのが一番困る。自負も名誉も社会的責任も、何にせよ、重いものは老年の体には一番醜悪で、体に悪いのである。

――『近ごろ好きな言葉』

人間は果たして、とりつくろうことで、他人を完全にごまかし得るのだろうか。若い時には、努力しだいでできる、と私は思っていた。しかし、今、私は別の答えをするようになった。人間は決して、そんなことではごまかせないのである。

――『人びとの中の私』

私たちは、人間の偉大さを示す話からも学ぶが、当然弱さから来る悲しさからも、強烈に人生を学ぶのである。そう思うと、誘惑に負ける人間の姿もなかなか貴重だと言いたくなる。

――『幸せの才能』

人が自分にしてくれることを期待せず、自分が人に尽くしてやることが、大人の人間の目的だったのではないか。老人でも、病気で死を間近に迎えようとしている壮年でも、その原則にはいささかの変化もないはずである。

――『晩年の美学を求めて』

諦め方上手

私は、したいこともまだ、かなりあるような気がする。

しかし、残り時間を計算し、いつも死を考えているから、諦めがよくなった。

失敗したら謝り、間違いは反省し、受けた誤解も解くように試みてはみるが、それでだめなら、後はさっぱり諦められるようになったのである。

——『心に迫るパウロの言葉』

自分だけが大事と思わない

自分らしくいる。
自分でいる。
自分を静かに保つ。
自分を隠さない。
自分でいることに力まない。自分をやたらに誇りもしない。
同時に自分だけが被害者のように憐れみも貶《おとし》めもしない。
自分だけが大事と思わない癖をつける。
自分を人と比べない。

――『ただ一人の個性を創るために』

すぐにかっとなる人

強い人と弱い人を判断する目安がある。男でも女でも、かっとなる人はまず弱い人である。かっとなった時に人間は攻撃的になり、あたかも強者の如く見える。しかしそれはヒステリー以外の何ものでもない。

弱い人間は正視し、調べ、分析するのを恐れる。自分自身もその対象にされて分析されるのを恐れるからである。

しかし本当に強ければ、怒る前にまず対象に関する冷静なデータを集め始める。その対象が好きか嫌いか、などということはずっとずっと後のことでいい。好くにも嫌うにも、認めるにも拒否するにも、まず知ることである。

──『人びとの中の私』

したくないことは、したくない

疲れることがいやになったのは、年のせいだ、と誰かが言う。そうかもしれない、と私も思う。

好きなことは以前と同じくらいできるが、したくないことがうんといやになったのは、この先何年生きられるかと計算するからである。

私はもういやなことを考えている暇がないと思う。

――『心に迫るパウロの言葉』

流されながら、少し逆らう生き方

しきりに書いてきたことだけれど、私は努力をしないのではないが、運命に強硬に逆らうことをどうしても美しいとは思えないたちだった。

むしろ諦めることにうまくなり、限定して与えられたものの中に楽しさや静かさやおもしろさを見出して行く方が好みにあっていた。

これは善悪の問題ではない。生き方の趣味の問題であった。人間は基本的に運命に流されながら、ほんの少し逆らう、というくらいの姿勢が、私は好きなのであった。

――『悲しくて明るい場所』

人間としての内なる闘い

中年から老年にかけて人間はさまざまのものを失っていくが、そこに実はほんとうの人間としての闘いがあるのではないだろうか、と私はこの頃考えるようになった。

老化と病気とは、どこで切り離したらいいか私には分からないが、うまく年を取っている人はそれほど多くない。

老年というものほど勇気のいる時代はない。

しかもその勇気も外に向かって闘争的に働きかけるものではなく、自分の中に沈潜する勇気である。

――『心に迫るパウロの言葉』

大ていの人は急速な変化を好まない

物事を改変するには、おもしろいことに必ずある程度の時間がかかる。その時間は、一見無駄なように思えるが、決してそうではない。もし或る人間が或る状況を良くしようと思うなら、その人はこの時間に対して逆らわずに待つということができなければ、その資格に欠けるのである。

若い頃、待つということは、私にとっても妥協に思えた。右顧左眄《うこさべん》して、当事者の心を忖度《そんたく》しすぎているようでは、何の改革もできないと思っていた。それは勇気に欠けるようにも見えたのである。しかし大ていの人間は、急速な変化を好みもしないし、また事実、心理的にも肉体的にもそれについていけないのである。

――『人びとの中の私』

見栄はすぐにばれる

本当の意味で強くなるにはどうしたらいいか。それは一つだけしか方法がない。それは勝ち気や、見栄を捨てることである。すぐばれるような浅はかな皮をかぶって、トラに化けた狐のようなふるまいをしないことである。

世間は人間の弱みや弱点など、すべて承知ずみなのだ。金のないことも、一族の中にヘンな人間がいることも、子供が大学にすべったことも、そんなこと、あちらにもこちらにもごろごろ転がっていることなのである。

それなのに、自分だけは関係ないような顔をすることじたいが、もうおかしい。自分の弱点をたんたんと他人に言えないうちは、その人は未だ熟していない人物なのである。

――『人びとの中の私』

行動の自由を失っても

私の中で、健康と若さの証は、染みや皺のないことではなく、人間として身心共に自由に行動できる、ということにかかっていると思っているところがある。

もちろん七十代の半ばにさしかかった私（当時）が、行動の自由を一部失っても、少しも文句を言う筋合いではない。

それはむしろおだやかな肉体上の変化であって、友だちの誰からも、当然、当たり前、人並みじゃないの、と笑われる程度のものだ。

――『言い残された言葉』

孤独は想定内のこと

老年は、孤独と対峙《たいじ》しないといけない。

孤独を見つめるということが最大の事業ですね。

それをやらないと、多分人生が完成しないんですよ。

つらいことですけど、そうだろうと思います。

だから、孤独が来た時に、何でもないことではないんだけれども、これはいわば、予定されていた、コンピューターに組み込まれていたシナリオだと思おうとしています。

――『人はみな「愛」を語る』

孤独のからくり

孤独をひどく嫌う人がいる。電車の中でせっせとケータイを眺める人を見ると私はそう思う。彼らは自分が一人ではないことをケータイのメールで確かめて安心するのである。

しかし孤独も、人々の中にいることも、それ自体は大して意味がない。その二つは、おたがいに深く関係しているからこそ意味がある。つまり孤独でいると、人々のただ中にいることの意味がわかる。反対に人間関係にもみくちゃにされると、疲れて、時には一人でいたくなり、孤独のもたらす安らぎが実感できる。

孤独は、普通沈黙を伴う。人がいなければ喋りようがない。喋らないと人は何をするかというと、眠るか、体を動かすか、考えるのである。しかしこの三つとも、現代の人は得意ではないらしい。長い距離も歩けないし、農耕や工場労働も好きではないようだ。

そして何よりも、今の人たちは、沈黙を守ることができない。

沈黙を守れれば、私たちは強くなる。そして断食の後にはご飯がおいしくなるように、沈黙に耐えたからこそ、私たちは会話の楽しさを知ったのである。

孤独があるからこそ、人との出会いが大切に思えてくる。そのからくりを、私たちはもう少し理解してもいいだろう。

――『幸せの才能』

自分の重荷は他人に背負ってもらえない

私たちが担う重荷には、普通二種類のものがある。他人から負わされる重荷と、自分自身が作った原因による重荷である。

他人から負わされる重荷というのは、こちらは歩道を歩いていたのに暴走車が突っ込んで来てはね飛ばされ、その結果足が不自由になった、というような場合である。あるいは信じていた青年の保証人になったら、その青年が会社の金を使い込んだ、というようなケースである。

親子きょうだいの存在が、重荷になっている場合も実に多い。寝たきりの病人を抱えている家族や、繰り返し繰り返し警察のお世話になっている犯罪者の家族などは、時とすると瞬間的にその当人が、死んでくれることを祈ったり、

「いや、そのように願うことは鬼のような心だ」と自分の心を責めたりする。

自分自身が持つ重荷としては、まず体の不自由や病気があげられるであろう。脊髄の損傷で、車椅子の生活を余儀なくされた人は、「一度でいいから、立って歩かせてください」と望むだろうが、現代の医学では、それを叶えられないのが現実である。（中略）

人間は五キロの荷物を背負わされると重い重いと言ってぼやくが、五キロ太った後で階段を上っても、あまり重いとは言わない。同じように自分の心の卑怯さや、いやらしさは、もしかすると感じないのかもしれないが、その結果は明らかに私の重荷となって残るのである。

「重荷」は考えてみれば残酷なことである。よく死の苦しみにある人を看護する立場にある人が、「代われるものなら、代わってやりたい」と言うが、それは不可能なことである。苦しんで死んで行くのは、その当人であって他人ではない。

――『心に迫るパウロの言葉』

希望は自分で作り出すものだが

希望という言葉を人はどうも過大評価しすぎているように思うこともある。

希望は、人間が食べたり、眠ったり、歩いたりする本能と同じように、人間の生命の営みの中に組み込まれている要素だと思うことが多い。

病気でだめだと言われても、もしかすると自分だけには奇跡的な回復があるかもしれないと思う。

片道分の燃料しかないままに出撃した戦争中の神風特攻隊の人たちですら、もしかするとアメリカの艦船《かんせん》に拾われて生きて帰るかもしれない、と考えたという話に私は深く打たれたことがある。

希望は人間の生理的な働きそのものなのかもしれない。

しかしその機能がうまく作用しないことはしばしばある。絶望的になり、自分の将来は閉ざされていると思うようになる。

希望は自分で作り出すものだ。他人が作って与えることはできない。他人は、希望を叶えようとする人の手助けをする。

希望を失うのは、人間の運命はすべて自分の力の結果だと信じている人の特徴かもしれない。

実は私たちが自分の運命について関与しているのは、ほんのわずかな部分だけである。私たちは自分の力で日本人に生まれたのではない。運動の才能、歌のうまさ、健康、すべて親や運命からただでもらったものばかりである。

これは神からの贈り物なのだ。ただし神は、不運や苦しみを与えることもある。一見残酷に見える苦しみによって、その人が以前には考えられなかったような見事な人に生まれ変わることを予測しているからである。

――『幸せの才能』

片手間にすべきこと

年を取ると、健康を維持することに、たくさんの時間を取るようになる。朝から寝るまで健康にいい、と言われていることしかしていない人までいる。エピクテトスはそうした現代人の出現を二千年も前から予測していたかのようだ。彼は次のように書いている。

「肉体にかんする事柄で時間を費やすこと、たとえば、長時間運動をしたり、長時間食ったり、長時間飲んだり、長時間排便したり、長時間交接したりすることは、知恵のないしるしだ。ひとはこれらのことを片手間になさねばならぬ。きみの全注意は心に向けたまえ」

自分がこのどれかに該当しているからと言って、別に怒ることも気に病むこともない。長時間かかる人に理解を示すのも当然だ。

しかしこうした長時間の行為が、手段ではなく、目的とされることが、いささかこっけいであることもほんとうだ。これらのことは片手間にすべきことだという実感はある。

老人になると、いや老人でなく中年後期でも、健康保持を最大の仕事にしている人は昨今どこにでもいる。健康は人迷惑でないという点ですばらしいものだ。しかしできれば片手間でそれができたらもっと粋なのである。

――『至福の境地』

最期にしてはいけないこと

聖路加国際病院院長（当時）の日野原重明先生の講演をいつか伺ったことがある。私に充分な医学的知識がないので、先生のお話を正確に伝えられるかどうか心配なのだが、素人としてわかったことは、老年の最期にしてはいけないことが二つある、ということだった。

一つは点滴、一つは気管切開だという。

点滴は、生体のバランスを失わせる。食べないなら食べないなりに、飲まないなら飲まないなりに、かなりひどい状態でも、何とかそこで辻褄を合わせて生きて行くようにする仕組みが人間にはあるのだが、それを強引に崩すのが点滴だという。

食べるという行為は、それができる限り、生体のメカニズムに自然に組みこまれる。しかし点滴をやると、「細胞が水浸しのようになって」（と私は記憶しているのだが、日野原先生はそんな表現はなさらなかったかもしれない）呼吸さえ苦しくなることがあるという。

気管切開は、最期の言葉を奪う。

人間は死ぬまで、意思表示のできる状態でいなければならない、と先生はお話しになった。

――『狸の幸福』

必要なのは、緊張と心を許して休める時間の両方

老人になると子供に還る、という言い方が昔からあった。しかし私はそうは思わない。それは認知症になった年寄りを、世間が庇《かば》う時の表現で、健康に年を取れば、もっと知性が輝くものである。

私は自分が老人になったので、老人のことについて触れ易くなったのだが、老人に一番必要なのは緊張と、そしてもちろん心を許して休める時間との両方である。

そのうち休むことは誰でも上手にやっている。ご飯を食べるとすぐ眠っている老人は、いくらでもいる。

しかし緊張は、かなり意志の力を持たなければ続かない。

外出すれば転ばないようにしよう、旅行に行けば切符をなくさないようにしよう、というような単純な緊張さえ、訓練をやめれば、すぐに能力が衰える。ほんとうの目的は、次第に体の動きが不自由になる老齢に、どれだけ流されないように対抗していけるか、ということである。

――『幸せの才能』

第8章

年を取るおもしろ味

決して他人の不幸を放置していいということではないが、人間は幸福な時だけでなく、苦悩と悲しみがある時にさらに厚みのある人間になるということも真実なのである。

――『平和とは非凡な幸運』

はたの評価はどうでもいいのだ。きれいに戦線を撤収して、後は自分のしたいような時間の使い方をする。だれをも頼らず、過去を思わず、自足して静かに生きる。それができた人は、やはりひとかどの人物なのである。

――『中年以後』

他人を尊敬できない人の不幸というものがもしあるとすれば、自分が偉い人物だと思い込んでいる不幸もまた、あるようである。

――『人びとの中の私』

平凡を嫌うということは、一種の思い上がりだろう、と私はよく思う。平凡な生活に時々あきあきするのは誰もが体験することだ。しかし私たちの生涯は、平凡な日々の積み重ねの結果なのである。

――『幸せの才能』

見舞いが病人にとっても家族にとっても煩わしいという場合は別として、見舞いは励ましになる。ことに年寄りは、自分が見捨てられてはいないと思うだけで、幸福になれる。

――『それぞれの山頂物語』

人間は、死ぬ時に、いくら年を取っていても、死の前日でも、いつでも生き直すことができるはずなのである。

――『心に迫るパウロの言葉』

規則を楯に取ることは、勇気のなさを示していることも多い。正しいと思うことをして裁かれたら、それはその時のことだ。信念を持ってそうしたことなのなら、その人はほとんど傷つかないどころか心の安らぎを得るだろう。

――『それぞれの山頂物語』

年齢は隠すものではない。今何歳の生《せい》を生きているか、いくつで死ぬかは自然の時の流れそのものである。問題はその与えられた年と健康をその人なりにいかに真摯に使っているかということだけだ。

――『それぞれの山頂物語』

自分の人生を軽く考える

伸び伸びと無理をせず、自分の人生をできるだけ軽く考えることに馴れれば、機嫌もよくなり血圧も下がるであろう。

何より、かっとしたり、恨みを持ったりしないと、淡々と人生が遠くまでよく見えて来て楽しくなる。

悲しいことがあっても楽しくなれるのである。

納得は感謝につながることも多いし、人生の明るい側面を見ることができる人も増えて来る。

——『それぞれの山頂物語』

人生の裏の裏

年を取ると「人生の裏」や「裏の裏」や「そのまた裏」などを自由自在に考えて遊べる。

自分がどんどん分裂して来るのだから、人も多分、そんな程度に外見と中身とは違うのだろうな、と思えるようになる。すると相手に対する楽しさも尊敬も増すということなのだろう。

年を取ることの悲惨さばかり言われるけれど、おもしろさも深くなることはあるのだ。

——『それぞれの山頂物語』

人脈の使い方

人脈というものは、せいぜい利己的に考えても、情報源であればいい。つまり自分の知らない何かを教えてもらう相手である。それはその相手と私だけの関係だから、私は教えてもらうと感謝し尊敬しお礼を言うだけで、ほとんど二人の関係を世間に知られる必要がない。

人脈を政治的に使ってはいけない。友達であることに、世俗的な付加価値を表面的につけようとしてはいけない。ただ会いたいと思う時に会え、話したいと思う時に時間を割いてくれ、病気の時には深く心に思い、そして男と女の関係を超えて、礼儀を守りつつ心の傷も話し合える人を友人として持つのがほんとうの人脈だろう。

——『中年以後』

危険な会話のない友情なんて

大体、可もなく不可もない会話で、友達などできるわけがないのである。

私にとって、会話には、甘さも要るが辛さも必要だった。

それはたとえて言うと、いささか田舎臭い家庭料理の味で、上品な料理屋の味つけではない。

私は四十歳を過ぎてからたくさんの友達が出来たが、その理由は、かなり危険な会話をすることで、お互いの立場を確かめられたからだと思っている。

——『中年以後』

欠点が有効に働くこともある

人のおもしろさも、私は年を重ねるごとに見えるようになった。その人が立派だと思う点がよく見えるようになるのは一つの快感だが、正直に言って、その人の欠点が見えるようになる時もある。

しかし欠点だと世間で言われ、親もそう思い、当人も薄々自覚していることであっても、それが意外と社会で有効に働くことがあって、それにもびっくりするのである。

欠点が有効に働くなんて若い時には考えもしないことだった。

――『安逸と危険の魅力』

「あちらはあちらで、何とかなさっているでしょう」

お互いに見えない距離にいるということはすばらしいことだ。見えなければ欠点も目につかないから腹も立たない。

私自身がまず口が悪く、気が短いのだから、傍にいる人に与える災害を最低限で抑えるには、同居を避ける以外にない。

それに息子の一家は「別の家庭」なのである。

「あちらはあちらで、何とかなさっているでしょう」という突き放した感じをもち続けることが大切である。

──『幸せの才能』

いっしょに食事すること

私は日々の務めの中でもっとも大切なのは、女性でも男性でも、日々家族の食べるものを調理し、いっしょに食事をすることだろうと思っている。その時、人間理解、苦悩を分かち合う心、相手に対する感謝、察する能力などが、お互いの間で育てられる。

今のように家族がただ空腹を満たすために、勝手な時間に、調理済みの食料を紙のお皿のまま一人で食べるなどということは、もっとも、日々の務めに反することだろう。

——『幸せの才能』

目の前にいなければ憎まなくてすむ

どんなにいやな相手でも、目の前にいなければ、人間はそれほど憎むことはない。だから私たちは死んだ人をすべて許せるのである。

ましてや私の父などは、むしろ小心な善人で、詐欺を働いたり、女を囲ったりしたわけでもない。

どんなに父を恐れた私でも、別れて住めば父を気にして見舞いに行くだろう。

離婚せずに別居しろ、と言うのは、もうそれだけで解決になっている、と私など「体験者」として思う。

――『心に迫るパウロの言葉』

年を取る三つの特徴

一般的に言って年を取る意味は、すぐ目につくだけでも三つの特徴がある。
第一に、それほど一途ではなくなることだろう。（中略）
第二の特徴は、人間が次第に男女の関係だけではないという感覚を持つようになることだ。（中略）
第三の特徴は、年と共に運を信じるようになることである。努力が無意味というのでもない。しかし努力だけで人生が開けるとも思わない。好きだと思った女と結婚することでいい人生を送る人もいるし、それが不運の原因になる人もいる。
反対に本当に好きだった人には失恋し、大した情熱もなく結婚した相手が、大きな幸運をもたらしてくれることもある。
　そうした意外性を含めて、運があるから（或いはないから）従う他仕方がないだろう、と感じることが、老年の、或いは末期の眼の透明さというものなのだ。

――『晩年の美学を求めて』

精神の姿勢のいい人

老人になったら何でも人にしてもらえばいいと考えている人も、あまり美しく見えない。

もちろん年齢と共に行動も制限されるのだが、それでもできるだけ自分を保とうとしている人は魅力的である。精神の姿勢がいい人、というのはこういう姿なのだ、と思う。

生気に満ちた老人になるのは簡単だ。

若い時からきちんと勉強し続ければいいのである。

頭がいい悪いは問題でない。怠け者の秀才と、勤勉な鈍才がいたら、おもしろいことに、老年には、勤勉な鈍才の方がずっと魅力的になっているはずだ。

その方法は簡単で、若い時から本を読み続けることなのである。
精神の栄養を補給しようとしない人は心が早々と萎びてくる。

――『幸せの才能』

余裕と潤い

最近、潤いに欠けていると見えるのは、老人の肌ばかりではない。自分勝手で、他人の眼など一向に気にかけない人も殖えたのである。潤いというのは、物事に余裕をもつことである。

機械にも、遊びがあるという言い方で、操作に幅を持たすことがある。人間の考えにも、この余裕と遊びが要る。

人間の知恵など浅はかなものだから、時にはあれでもこれでも、まあ何とかなる、というややいい加減な考え方もその潤いに入るかもしれない。もちろんそれは火の不始末をしてもいいとか、製品の精度を落としてもいいとかいうことではない。

百点満点ではない自分と他人の生き方に、自然な人間性を見出しつつ、しかし謙虚に生きる技術である。
そう思える人は、顔の表情まで自然と優しく、生き生きした余裕のあるものになってくる。

――『幸せの才能』

気短になると、人のやることが許しにくくなる

私が繰り返し反省することは、人に対するものの言い方である。

その原因の多くは、私の気が短い性格にある。最近も（当時）私は足首を骨折して、丸一カ月も入院生活を送った。

手術後、まもなくリハビリを始めた時、私の手足の動かし方を見ていた理学療法士の先生が「気が短いほうですか？」と聞かれたので、心の中を見透かされたようにたじろいだ。

私は、この世で時間の経過を楽しむという術を知らないではないつもりなのだが、同時に効果があがらなければだめだ、という気短な功利主義にも毒されていて、ついむだを省こうとして言葉がきつくなるのである。

気短になると、直接にしか判断ができなくなって、人のやることが許しにくくなる。反省するという人間にしかできない含みの多い行為は、それ自体直線的ではないのだから、その部分が欠損した人間になってはおしまいなのだ。人には誰にも、私の知らない深い理由があるのだ。だから人との間には、いつも緩やかで優しい、空気のクッションのような距離と時間を置かねばならない。

それができない時に私は反省するのである。穏やかなものの言い方をくずさない人を見る時ほど、私が自己嫌悪にとらわれる瞬間はない。

――『幸せの才能』

好奇心はなくても生きていける。しかし……

好奇心の欠如は、決して罪悪ではない。むしろそれは穏やかな常識的な市民、従わせるのに便利な人間を作る。
しかしもし、自分は自分で決めた日常生活以外あまり興味がない、という人がいたら、それは一種の才能の欠如か、病気または異常に早い精神の老化だと思ってもいいかも知れない。（中略）
好奇心がないとなぜいけないのか、という質問を受けたら、私はまたもや、「なくても別にどうということはない」と答えるほかはなくなってしまう。
少なくとも戦争前まで、女の子にとって好奇心などというものは、決して美点ではなかった。私のように、人だかりがしていると、すぐにそっちへ寄って行って覗くような子はたしなめられた。

事実、男にせよ女にせよ、好奇心などというものは、なくても生きるには困らない。むしろ世間の常識を受け入れて、余計な興味など抱かずに、自分の生活に明確にプラスになる要素だけを取り入れて、安全に生きる方がはるかにロスは少ないのである。

しかし、それとは別に、私はやはり人間にとって好奇心はかなりな重さで必要なものだと思わないわけにはいかない。

――『人びとの中の私』

苦労話はほどほどに

幸せだ、という人にも苦労がないわけではなく、死にたいという人もなかなか実際には自殺しない。楽しいことにも辛い要素があり、辛いことに楽しさが皆無というわけではない。つまり現世では完全にいいことも悪いこともない。

私は昔、一人の写真家に会い、その苦労話をいろいろと聞いたことがある。この方はどこかの山の途中にビバークした時の寒さや、砂漠の危険などについて話してくれたので、私は最後に、

「それは大変でいらしたでしょうけど、お楽しくもあったんでしょう」

と言った。するとその人は、

「いや、とても楽しいなんてものじゃありませんでした」

と答えた。私はなおも、

「その時は無論、お辛かったでしょうけど、後でお考えになると、楽しかったわけでしょう」

とどうも後から反省すると、しつこく言ったのである。すると、その人は、

「いや、今考えても辛くていやですね」

と答えたので、私は、

「後になってもいやだ、と思うような目にお遭いにならなければいけないお仕事なら、おやめになればよろしいのに」

と言ったことがある。これは、半分皮肉だったが、半分はほんとうにそう思ったのである。

よく世の中には、自分の仕事がいかに大変だったかを言うために、苦労話をしたがる人がいる。どんな仕事でも辛いことがないことはないのだが、フリーの仕事というものは、それを超えてもやりたいものだからやっているのが普通なので、後から考えても楽しさのないようなことをやっている人の気持ち、と

いうものが、私にはどうしても分からなかったのである。

私にとって、「あの方は好きなことをなさったんですよ」というのは深い尊敬の言葉である。「好き勝手をした」ということではない。なぜなら世間では、ほんとうに好きなことをできる人というのはそんなに数が多くはないからである。

——『心に迫るパウロの言葉』

第9章

老いは学びの宝庫

悪銭は身につかない、と言うが、自分でこつこつ勝ち取ったものでない限り、ほとんどすべての幸運と金銭は身につかない。それどころか、堕落、病気、裏切り、退廃、不和などの種になることが多い。

――『それぞれの山頂物語』

特別に偉大な人間でない限り、金はあってもなくても人間を縛る。金のありすぎる人は、金の管理に多大の時間と心理と労力を割かねばならないであろう。と同時に、金がなさすぎると、僅かな心理も増幅して感じるようになる。

――『人びとの中の私』

努力は大切だ。自分で努力し続ければ、運を望む方に押し進める力になる。しかし努力しさえすれば、必ず目的は達成させられるというのは、人間の大きな思い上がりなのである。

――『幸せの才能』

たとえ今日、健康、才能、財産などを持っていても、一夜のうちに病気や怪我や政変などでそれらを失ってしまうことはよくあることだ。小さくても大きくても、同じように大切に扱っていく癖をつけると人生は爽やかなのである。

――『幸せの才能』

謝らない人は放っておく

「謝れ」と言われて謝るのは心からの謝罪ではない。
そうじて「謝れ」と他人に言われて謝る時、人はほとんど反省していない。
だから私は人に「私に謝ってください」と言うことだけは言ったことがない。
強制して謝ってもらっても、どこが気持ちいいのか、全くわからないからだ。
謝らない人は放っておくのが一番いい。

——『幸せの才能』

いつまでもあると思うな健康と信頼

私は幼稚園から大学まで、カトリックの学校で育ったのだが、そこでは常日頃、政府、社会、会社、親など、今仮初《かりそめ》に与えられているものの形態は、いつ取り上げられても仕方がないものだ、というふうに教えられたのである。

通俗的な世界にも、「いつまでもあると思うな親と金」という言葉があるのだそうだ。

しかしそんな物質的なことだけではない。自分の健康も、もちろん年金も貯金も、愛も、親子の信頼も、必ずしも続くとは思わないで暮らす心構えの必要を教えられたのである。

――『文藝春秋SPECIAL　2011・夏』

本当の金持ちほど貧乏たらしく見える

私は、昔から、本当の金持ちだと思われる人に何人か会った。すると彼らは、世間一般の考える金持ちとはかなり違ったのである。

まず彼らの服装は、殆ど流行にのっていなかった。彼らはむしろ金がなさそうな顔をしていた。ボロボロの古いカバンを後生大事に提げていたり、医者に行くのをさぼっていたら歯がぽろりと欠けた話をしたりした。

金がある人は、ふしぎなことに必ずどこか（或いは全部）、貧乏たらしく見えた。

彼らは金のない話を平気でできた。私にはそれこそが彼らの金持ちの証拠だと思えた。

――『人びとの中の私』

自分を完成させる

老年は、もうどっちへ転んでも大したことはない。何しろ持ち時間が長くないのである。仕事の責任も多くはない。残っている仕事は重要なことが一つだけだ。それは、内的な自己の完成である。この大きな任務が残っているということについて、全く自覚していない老人が世間に多すぎる。もちろん自覚したからと言って、私たちがそのことをうまくできるというわけではない。

私たちは若い時から、常に多くのことを望んでささやかな努力もしてきたが、必ずしもそれを手にしたわけではなかった。しかし老年は、若い時には忙しさに取り紛れてできなかった自分の完成のために、まさに神から贈られた時間を手にしているのである。

――『心に迫るパウロの言葉』

他人の靴の紐を結ぶ

外国では、定年後自由人に還ってからボランティアをやる人も多い。日本のエリートやエグゼクティヴで、自らかがんで他人の靴の紐を結んであげることのできる人は少ないが、むしろ靴の紐を結べることは健康の証しであり、経済的にも、心理的にも余裕のある人なのだ。

そう思ってみれば、定年後にやることはありすぎるほどである。

――『安逸と危険の魅力』

死者に報いる道

相手に疑いを持ちつつ、しかし救う。この双方の作業は同時に果たさなければならない。私たちは、マスコミや赤十字などを通して救援のお金を贈る。そのお金を最後まで厳密に管理し、見張り、どのようなことにどれだけ使ったかを寄付した人に細かく報告できるようにしておくことが、お金を受け取った組織の義務である。集金の組織にお金を届けて、それでいい気持ちになる人は多いだろうが、それは甘さというものだ。それが被災者に行くとは限らない。

集金した組織もまた、相手国の政府や組織に渡しただけで任務が終わりと考えたら、それは寄付をした人たちを裏切る行為であり、泥棒をはびこらせる原因になる。

――『平和とは非凡な幸運』

人のために差し出すもの

人間が、人のために差し出すもので、一番簡単なのは金である。億の金でも金は一番簡単である。

もっとも、百円、千円の金さえ他人のためには出すのがいやな人は、ここにもあそこにもたくさんいる。

次に比較的楽なのは、労力を提供することである。それも、草取りをするとか、給食サービスなどは大したことではない。歌を聞かせてあげるなどというのは、自分の楽しみを人におしつけているだけだ。

ほんものの労力の奉仕は、他人の汚物の処理をすることである。

「奉仕」という言葉はギリシャ語で「ディアコニア」といい、直訳すれば

「塵《ちり》・芥《あくた》を通して」というような意味になる。

そこには、相手の汚物をきれいにしてあげることだけがほんとうの奉仕だという意味が隠されているのである。

——『大説でなくて小説』

金に仕えない

以前にも書いたことだが、金が人間の心を救わない、というのは、決して「貧乏人」を宥《なだ》めるための「金持ち」の論理ではないのである。

人間は、金がないことによっても心が歪むが、同時にありすぎることによっても歪む。金持ちが不幸になるケースは、聖書にでも出てきそうな、教訓用のつくり話ではなく、実際に多いのである。もしあの家にもう少し金がなければ、あの人はあれほど退屈に苦しむこともないし、小さなことにくよくよと悩むこともなく、病気さえよくなってしまうのではないかと思うことは多い。

もちろん、ないのはよくない。金がないのは、第一不自由である。私は普段はかなりけちな人間で、十円安くなる方法にも敏感な方だが、必要とあれば高いお金を出して、金で買えるよきことを利用しなければならぬと思う。

小説の取材など、ことにそうである。私は仕事のために、新聞社や出版社から出してもらう取材費や自動車などには、いつもおかしいほど、けちをしたいような気分になっている。それで済むことは、こまかにけちった方がいい。しかし必要とあれば（まだやったことはないが）私は特別チャーターした飛行機でも出してもらうつもりである。

金は、使うも使わないも、必要性にかかっている。だから使わなくても済むものなら、使わない方が人生は軽やかだし、いるものなら、ないと制約される。金が少しあった方がいいのは、人間が金から解放されるためなのであって、金に仕えるためではない。だから、ありすぎると、人間にはそれが重荷になるのも道理なのである。

私ぐらいの年にならなければ、ありすぎても不幸、ないのもいけない、などという気にはならないと思う。

――『人びとの中の私』

人の気持ちは、ほんとうには分からない

私は外見は幸せそうな家に一人娘として育った。

しかし、家の中は父母が不仲だったので、私が精神的には、小学校にもあがらないうちから、筋金入りの苦労人だったなどということは、誰にも分からなかったのである。

それ以来、私は何について自信があるといったって、人の気持ちが分かるわけがないという点について自信を持つようになった。

よく、人から聞いた噂をもとに怒ったりあきれたりしている人がいるが、それぐらい無駄なものもないので、私は自分が直接聞いたことか、その人が自分で書いたものしか、あまり信用しないことにしている。新聞の談話などという

ものも、実にいい加減なものである。

しかしその人がえんえん何千枚書いた自叙伝であろうとも、それでその人が理解できたというわけでもあるまい。

私はつまり、人の心の中をほんとうに知ることは、神以外不可能なことだと思えるようになったのである。今でも私は「一応」は腹も立てたりはするのだが、ほんとうのところは誰にもよく分からないのではないか、と結論を保留することができるようになったのである。

——『心に迫るパウロの言葉』

どんな知恵でも解決できないこと

私のことを人は社交的だと思ってくれるらしいが、私はパーティや人の集まる所に恐怖に近いものさえ感じている。誰かと会った後では、自分の言動に後悔することが多いから、本当はずっと蒲団をかぶって一人で寝ていたいのである。

それなのに私の態度が相変わらず今なお慎ましくも恭《うやうや》しくもなく、いやな思いをさせた相手に深く謝ろうともしないのは、自分の言動にあまり厳密になるのは、これまたしょってている証拠だから、適当に相手に悪意を持たれている方が自然で安定している、と考えるからである。

しかし、私は本当に人間が好きなのである。

凡そ、私たちの悩みの大半が人と人との間のうまくいかない関係にあるのも、それほどに人間というものは複雑で一筋縄ではいかないものだからなのである。一口に言ってしまえば、人間関係のむずかしさは、どのような知恵も、どのような教育でも、解決できるものではない。これだけははっきりしている。

身の上相談では、こうすればうまくいく、というような答えをするが、それが解決の手がかりになることは皆無ではないにしてもごく少ない。人間関係の基本は永遠の失敗ということに決まっている。

しかしそれだけにごく稀にうまくいった時の嬉しさは貴重だし、うまくいかなくて当然の苦しみが、私たちの心を柔らかなものにする。苦しみでさえも、死ぬ時に考えてみればないよりはあった方がましかも知れない。それが生きる手応えというものなのだから。そんなふうに（マゾヒスティックに）私は考えようとしている。

——『人びとの中の私』

人間は矛盾した心理と行動の塊

私は普段はコーヒーというものはそれほど飲まないのだが、それは、あの液体がすぐ満腹感を与えて、食欲を殺すからである。しかしあの香りは好きだし、時には魂の休息のために、飲みたいと思うこともある。

魂の休息のために、どうしてコーヒーでなければならないのか、紅茶でも薄茶でもいいのではないか、などとも思うのだが、なぜか麻薬的な要素はやはりコーヒーが一番強いような気がしてならない。

大体、私の見るところ、コーヒー好きの人は皆わりと神経の強靭な人で、だから、お世辞にもデリケートとは言えない私としては、コーヒーを好きと答えたほうが私らしいのではないかと思うけれど、そうも言えない面もあり……など考えていると、そのような単純な問いにさえ、もう答えられなくなっているのである。

子供の時から、人間は分裂したものだ、という実感が私には強かった。人間の表現というものは、その精神の「氷山の一角」に過ぎない。人間は矛盾した心理と行動の塊である。そしてその矛盾のないような人に私はかつて興味も魅力も抱いたことがなかったのである。

しかしいずれにせよ、人間はその分裂に苦しむ。しかし苦しんで当然なのである。

――『心に迫るパウロの言葉』

すべての家々の灯の下に温かい家庭があるとは限らない

汽車が雪にとざされた村の、夕暮れの中を走る時、藍色の気配の中に、点々とともる灯を見て、胸せまる思いをする人は多いと思う。それは必ずしも、故郷の村の灯でなくていいのである。冷たい雪の中に温かい灯があるということ。いやむしろ、人がそこにいる、ということだけで、凍えるような冬景色の中に、私たちは救いを見出すのである。

私は小説家だから、そして充分に、根性も曲がっているから、そのような灯の下に、必ずしも温かい幸福な家庭がある、などとは思わない。

いつも書いていることだが、私は、人生というものは惨憺たる所だ、と思い込んでいるので、その一つひとつの灯が、喜びよりも苦しみを抱いている図を想像する方がたやすかった。家を埋めるように降り積もった雪の中で、さらに冷え冷えとした憎悪に苦しんで生きる人々の暮らしを想像した。

それは、私が、他人と見れば、すぐそういうふうに悪く想像する習性がついているからではない。私は、自分の幼い時、自分の身近な者を深く憎んだ覚えがある。

そのような自分の醜さに私は傷ついた。自分を許したのではないが、そのような感情を処理し切れぬままに生きているには、他人にも、そのような思いがあるであろうという想定のもとに暮らすほかはなかった。それが、雪の黄昏《たそがれ》に輝く家々の灯を見る時、あの下に、明るい温かい家庭があるのではなく、暗く、苦しい人間関係があるのだろう、と反射的に考える癖になった。

——『人びとの中の私』

人間関係は、理解よりも、むしろ誤解の上に安定する

私は今まで、或る人について、何もよく知らない他人が「あの方は、ひどい人だそうですね」と言っているのによく出合うことがあった。

安定する感情というのは、〝どちらかにかたづける〟ことなのだ。あの人は悪い人だ、あの女は感情的だ、あの男はけちだ、あいつは頭がいい、というふうに定形を作ることである。悪人だけど心優しいところもあるとか、感情的で冷静だとか、けちだけど金の使い方は知っているとか、頭はいいけど賢くないという表現は、あまり喜ばれない。しかし通常、人間の絶対多数は、そのように屈折した複合形を持っているはずである。

自分にも分かりにくい自分の本当の姿を、どうして他人が分かることができ

よう。

私が多少、人間を恐れるような気分を持ったのは、二つの意味においてしょっていたからである。（中略）

第一に私は誤解されるのを恐れて他人と会うのを避けようとしたのである。今では私は、誰がどう言おうと、諦めようと思っている。幸いなことに、誤解というものは、誰の本質にも別に影響を与えない。

第二に私は他人を正当に理解できないことを恐れたのである。私は小さい時から、他人にはどのように言うべきかに悩んでいた。私はどのような態度、どのような言葉遣いをしても、これで適当ということはないように思えた。三十代に不眠症になった時には、そのような傾向はもっとひどくなった。私は相手に無茶苦茶に誠実に正直になろうとして、口がきけなくなってしまった。人間には限度があるのである。相手を理解していない、という自覚さえ持てれば、多分その思いは、理解しているという安心よりまさるのである。

――『人びとの中の私』

さいごに

死を前にした時だけ、何が大切かがわかる

私は三十七歳の時に『戒老録』を書いた。その頃、女性の平均寿命は七十四歳だったので、私は折り返し点を過ぎた今から、自分に向かって老いを戒めるものを書いておくべきだ、と思ったのである。

それを可能にしてくれたのは、私が自分の母、夫の両親と同居していたことであった。老いや死に近付くことを考える材料に困らなかったのである。三人とも、善良で知的な人々だった。おかしな言葉かもしれないが、三人は誠実に老い、二人の母たちは一生懸命に死んでいった。実母は亡くなった時、角膜を

提供した。私に老いと死の姿を過不足なく身近で見せてくれたということは、三人の親たちの、私への大きな贈り物だと今でも思う。

人間は、何もしないのに、徐々に体の諸機能を奪われ病気に苦しむことが多くなり、知的であった人もその能力を失い、美しい人は醜くなり、判断力は狂い、若い世代に厄介者と思われるようになる。

昔の人々は老いと死を人間の罪の結果と考えたが、それもまたまちがいなのであった。何ら悪いことをしなくても、それどころか、徳の高い人も同じようにこの理不尽な現実に直面した。

老いと死は理不尽そのものなのである。しかし現世に理不尽である部分が残されていなければ、人間は決して謙虚にもならないし、哲学的になることもない。今よりもっと思い上がって、始末の悪いものになる。

曽野綾子

本書は『曽野綾子の快老録　老年になる技術』（二〇一二年八月／海竜社刊）を文庫化致しました。

文庫化にあたり、海竜社刊の『心に迫るパウロの言葉』（一九八七年四月）、『人びとの中の私』（二〇〇四年一二月）、『三秒の感謝』（二〇一〇年三月）、『幸せの才能』（二〇一一年三月）より抜粋したものを数編加え、再構成・再編集致しました。

尚、本文中の情報は単行本刊行当時のもので、現在は変更されている場合があります。

本文デザイン：福田和雄（FUKUDA DESIGN）
校正：あかえんぴつ
企画・編集：矢島祥子（矢島ブックオフィス）

曽野綾子（その・あやこ）

1931年、東京生まれ。54年、聖心女子大学英文科卒業。79年、ローマ教皇庁よりヴァチカン有功十字勲章を受章。87年、『湖水誕生』で土木学会著作賞受賞。93年、恩賜賞・日本芸術院賞受賞。97年、海外邦人宣教者活動援助後援会（JOMAS）代表として吉川英治文化賞並びに読売国際協力賞受賞。98年、財界賞特別賞受賞。2003年、文化功労者となる。1995年から2005年まで日本財団会長、1972年から2012年まで海外邦人宣教者活動援助後援会代表を務める。2012年、菊池寛賞受賞。

著書に『無名碑』（講談社文庫）、『神の汚れた手』（文春文庫）、『天上の青』（新潮文庫）、『完本 戒老録』（祥伝社文庫）、『老いの才覚』（ベスト新書）、『曽野綾子の本音で語る人生相談』（だいわ文庫）、『夫の後始末』（講談社）、『女も好きなことをして死ねばいい』（青萠堂）、『人生の決算書』（文藝春秋）他多数。

老《お》いを生《い》きる技術《ぎじゅつ》

著者 曽《そ》野《の》綾子《あやこ》

©2022 Ayako Sono Printed in Japan

二〇二二年七月一五日第一刷発行

発行者 佐藤靖

発行所 大和《だいわ》書房

東京都文京区関口一―三三―四 〒一一二―〇〇一四

電話 〇三―三二〇三―四五一一

フォーマットデザイン 鈴木成一デザイン室

本文印刷 信毎書籍印刷

カバー印刷 山一印刷

製本 小泉製本

ISBN978-4-479-32020-3

乱丁本・落丁本はお取り替えいたします。

http://www.daiwashobo.co.jp

〈曽野綾子の好評文庫〉

曽野綾子の本音で語る人生相談

人生、いいとこどりはできない。片が付いても付かなくても、ひと晩寝てから考えよう。悩みや心配に痛快なひと言！　曽野綾子流・辛口人生案内。ちょっとイジワルも面白い。

定価（本体680円＋税）